BLANCHE

DE

SAINT-SIMON,

OU

France et Bourgogne,

PAR M. ANTONY THOURET,

AUTEUR DE TOUSSAINT LE MULATRE.

Orné du portrait de l'Auteur et d'une jolie vignette.

À PARIS,

CHEZ LADVOCAT,

RUE DE CHABANNAIS, N° 2;

BOHAIRE, BOULEVARD DES ITALIENS, N° 10.

M DCCC XXXV.

CHRONIQUE DE 1468.

BLANCHE

DE

SAINT-SIMON. 3788

IMPRIMERIE ET FONDERIE DE FAIN,
Rue Racine, n. 4, place de l'Odéon.

ANTONY THOURET

BLANCHE

DE

SAINT - SIMON ,

OU

France et Bourgogne,

PAR ANTONY THOURET,

AUTEUR DE TOUSSAINT LE MULATRE.

A PARIS,

CHEZ LADVOCAT, LIBRAIRE

DE S. A. R. LE DUC D'ORLÉANS,

BOHAIRE, BOULEVARD DES ITALIENS, N°. 10.

M DCCC XXXV.

Écrire comme on pense,
Vivre comme on a écrit,
Mourir comme on a vécu !

Mirabeau (*Pensées*).

PENSÉE PRÉLIMINAIRE.

1.

Je ne reconnais qu'une seule manière d'é-
crire impartialement l'histoire; c'est celle où
l'écrivain se borne à consigner les faits dans
toute leur nudité historique avec l'indiffé-
rence d'un copiste, avec la sévérité d'un ma-
thématicien.

Pour peu qu'on s'écarte de ce principe, le

livre devient sous la plume, non plus le livre
de l'histoire, mais *l'histoire de l'historien.*

Une seule intelligence pourrait écrire l'histoire en juge... c'est celle qu'on appelle Dieu!
Mais comme après avoir bien cherché parmi
les hommes les siècles n'ont pu trouver quelqu'un qui ressemblât à Dieu, il est temps de
renoncer en toutes choses à la *perfection.*

Mais l'histoire seule ne doit pas être impar-
faite, elle ne peut avoir ses degrés de vérité;
l'histoire doit être une, complète, indélébile.

Vienne maintenant un auteur qui ose dire:
« Moi, qui suis un homme, je vais jeter mon
» regard sur les siècles passés, et mon regard
» saura découvrir la vérité à travers les évé-
» nemens les plus tumultueux, les causes les
» plus obscures, les résultats les plus inat-
» tendus! »

Que celui qui oserait dire cela essaye de
regarder en arrière sans être ébloui; et si,
par impossible, ses yeux parviennent à per-

cer les rayons de la fausse gloire de nos grands
hommes, les préjugés et les passions des ad-
mirateurs et des esclaves, ils ne franchiront
jamais le prisme de ses préjugés et de ses passions à lui, pauvre auteur, qui a tant de mal
à se comprendre lui-même!

Pensez-vous que si j'arrivais à écrire l'histoire du premier de nos Charles IX, j'oserais
déclamer ainsi:

« Cet infâme roi, non content d'avoir don-
» né l'ordre d'égorger les huguenots dans
» toutes les parties de son royaume, voulut
» encore voir les massacres de ses propres
» yeux? Il monta au balcon du Louvre, et à la
» vue des meurtres qui fumaient aux bords
» du fleuve, une soif ardente de sang s'allu-
» ma en lui. Il demanda une arquebuse, et tira
» sur les malheureux qui fuyaient sous son
» balcon après avoir évité une première fois
» le couteau des égorgeurs, pour tomber en
» passant sous l'arquebuse royale [1]! »

---

[1] Ce fragment n'est pas une citation ; c'est simplement
une manière de faire.

Non, j'écrirais simplement :

« Charles IX avait donné l'ordre de massa-
» crer en France tous les huguenots dans la
» même nuit, à la même heure.

» Au moment où le massacre commença à
» Paris, Charles IX parut au balcon du Lou-
» vre, qu'on pouvait voir du Pont-Neuf, et,
» comme il aperçut des fuyards courir dans
» cette direction, il demanda une arquebuse.
» Les seigneurs de la cour en apportèrent cinq
» qu'ils chargèrent devant lui. Charles IX
» lâcha plusieurs arquebusades dans la lon-
» gueur des quais.

» Et à chaque arquebusade les courtisans
» riaient. »

C'est au lecteur à méditer et à comprendre !
Que si le lecteur comprend mal, du moins il
ne comprendra point pour plusieurs généra-
tions, et son opinion n'aura point le même
danger que l'histoire philosophique écrite qui
arrive à la postérité à travers tant de révolu-

tions , et tellement empreinte des passions des
hommes et du vernis des siècles, que souvent
l'œil humain n'y voit plus qu'une immense
confusion de formes et de couleurs.

Il ne faut pas insister sur cette vérité pour
la faire comprendre par les hommes médita-
tifs. Ouvrez votre bibliothéque , vous y trouverez autant d'histoires de France qu'il y a eu
d'opinions en France. Il en est de même pour
tous les pays. Chaque opinion a fait son histoire, chaque histoire a fait ses consciences.....
et chacun sait combien de consciences gouver-
nent le monde au dix-neuvième siècle ! Pour
moi, il n'est jamais résulté de l'histoire des
peuples qu'une vérité fort brusque, fort
saillante , fort saisissable.

C'est que les peuples ont toujours été les
victimes des rois.

Et cette opinion ne me vient point des rê-
veries philosophiques des historiens ; elle me
vient au contraire de l'attention que j'ai mise à
ne lire que les faits, et à ne juger que d'après

les impressions désintéressées de ma conscience.

Mes oreilles ont voulu entendre tous les
gémissemens, mes mains ont voulu toucher
toutes les blessures.

Oh! qu'il y a eu de gémissemens et de blessures depuis quinze siècles!

Mais en même temps que je fais ici ma pro-
fession de foi comme homme politique con-
sciencieux avant tout, je ne veux pas laisser
passer inaperçue ma prédilection d'artiste.

Un artiste qui veut faire tout à la fois de
l'histoire, du drame et de la philosophie, ne
peut s'enchaîner dans une sèche analyse des
faits et des dates.

Il est quelquefois plus utile d'encadrer une
idée sérieuse et abstraite dans des formes sédui-
santes et gracieuses. Il n'est rien de plus pit-
toresque et de plus palpitant que de faire raconter l'histoire par les personnages mêmes

qui en font le sujet... De là les scènes historiques.

La conscience de l'artiste doit être tranquille lorsqu'elle a dit au lecteur :

« Quelque grands qu'aient été mes efforts
» pour rester dans le vrai absolu, pour faire
» parler mes personnages, non pas avec le
» même langage qu'ils parlaient et qu'on ne
» comprendrait plus, mais avec les idées qu'ils
» devaient avoir, ma manière historique est
» peut-être dangereuse encore; n'acceptez
» donc ma philosophie que comme une pre-
» mière donnée pour former la vôtre. »

Voilà le genre que j'ai adopté dans cet ou-
vrage peu étendu, mais plein de conscience,
que je donne aux lecteurs comme pour les
remercier du généreux accueil qu'ils ont fait
à *Toussaint le mulâtre.*

Fasse maintenant le succès qu'il n'y ait pas
trop d'orgueil dans cette dédicace et que le
lecteur ne dise pas après lecture : il fallait en-

core plus de générosité pour ce second livre
que pour le premier!...

Il est des retraites sombres dues à la magna-
nimité des rois populaires, où l'homme de
lettres se trouve seul dans le silence et la
méditation..... seul avec sa pensée!

C'est alors que cette pensée, insaisissable à
toute violence humaine, passe comme une
étincelle électrique à travers les portes de
fer; et tandis que le prisonnier, *la bête*,
comme dit de Maistre, est là gisante, mori-
bonde, étouffée dans son lourd vêtement de
pierre; *l'autre*, la pensée, prend son vol et
plane terrible sur la tête des rois.

Une nuit donc que ma bête sommeillait
péniblement dans son lourd vêtement de
pierre, *l'autre* sortit tout à coup mille fois
plus rapide que la lumière, remonta les siècles, les monarchies, les monarques, et s'ar-
rêta pleine de stupeur, de respect, d'admira-
tion, de dégoût et d'horreur devant la grande
et bizarre figure d'un roi, moine, diplomate

et bourreau ; homme du peuple, homme de
Dieu, homme de génie, homme de Mont-
faucon !...... devant la grande figure de
Louis XI.

Lorsque ma pauvre pensée fut revenue de
son premier effroi, elle osa considérer le roi
de plus près ; peu à peu elle s'enhardit, elle
entra sous son pourpoint gris et râpé, elle
remonta se nicher sous sa calotte reluisante
de graisse pour compter les pulsations du
cerveau royal ; elle escalada son chapeau
unicorne, et eut la témérité de regarder en
face et jusque dans les yeux les saints sculptés
qui faisaient comme une béate galerie de
plomb autour de cette tête dans laquelle brû-
laient tant d'idées de l'enfer ! Elle feuilleta
page par page les oraisons enluminées sur
parchemin de son livre d'heures né un siècle
avant l'imprimerie ; elle compta jusqu'au dernier les innombrables grains du chapelet que
Louis XI roulait dans ses doigts, comme s'il
eût fait le compte des crimes qui roulaient
dans sa conscience !

Pour un crime un grain... pour un grain une prière!

Lorsqu'elle eut ainsi analysé la surface extérieure, ma pensée conçut la bizarre *idée* d'entrer dans la tête même du monarque.

Une pensée entre partout; ma pensée entra dans la tête de Louis XI!

Oh!

Oh! c'est alors qu'elle fut entraînée dans un tourbillon de pensées tel, que toute pensée qu'elle était elle-même, elle se sentit éblouie, étourdie, illuminée.

Chaque pensée royale la heurtait en passant, la faisait tournoyer avec elle, puis l'emmenait dans l'espace, lui faisait traverser les sombres galeries des couvens de Normandie, soulever les sourdes trappes des oubliettes d'Auvergne et des fillettes de la Bastille, la faisait assister toute vivante à ses intimes conversations avec Tristan, et l'initiait à l'affreux mystère de ces confessions qui usèrent la conscience et l'oreille du cardinal Balue!...

Et à peine était-elle rentrée dans l'orgie du cerveau royal, qu'une autre pensée l'emportait de nouveau et la faisait planer dans les airs au-dessus de l'Angleterre, de la Bretagne et de la Bourgogne... Et lorsqu'elle arrivait sur ce riche et orgueilleux pays de Charles-le-Téméraire, la pensée royale devenait tellement affreuse de colère, d'envie et de vengeance, que ma pauvre pensée à moi s'envolait effrayée, passait à travers le corps d'un guichetier placé sur le seuil de ma porte, et rentrait dans *sa bête*, laquelle ruminait dans sa prison, incapable de faire un pas, si par impossible la grande voix populaire lui avait dit : L'heure est sonnée, tu peux sortir!

Aucune voix ne lui dit cela.

Cependant la pensée était infatigable, inquiète et fort curieuse. Chaque nuit elle reprenait son vol qu'elle dirigeait tantôt vers Louis XI, tantôt vers le duc de Bourgogne, et chaque fois elle rapportait quelque parcelle d'une conviction nouvelle sur le carac-

tère de ces deux grandes têtes historiques
qu'elle croyait peu comprises.

Une nuit, c'était le roi qu'elle avait trouvé
dans un couvent de moines, et qu'elle croyait
endormi dans sa stalle du chœur pendant le
lugubre chant des morts ; elle s'était alors
approchée bien doucement, avait regardé par-
dessous son capuce noir, et s'était enfuie
épouvantée d'avoir vu deux yeux qui flam-
boyaient dans l'ombre, et une bouche qui
riait sourdement en montrant les dents.
Louis XI venait d'avoir une idée !

Une autre nuit, c'était le duc qu'elle avait
suivi au camp de Nancy, qui ressemblait à
un vaste tombeau... Elle s'était glissée avec
lui sous sa tente, elle avait détaché sa cuirasse, et avait trouvé un cœur de fer sous
une armure de fer !

La *bête* souriait presque dédaigneusement
à l'orgueil de la pensée qui devenait de jour
en jour bouffie de mérite et de savoir, lorsqu'enfin celle-ci s'écria : « Prends ta plume,

je vais dicter;» et elle dicta... ce que vous allez lire, débarrassé de beaucoup de choses dont j'aurais pu faire plusieurs gros volumes à grosse réputation, si j'avais eu un peu plus de tendresse pour l'argent, et un peu moins de respect pour l'art!

Donc, indulgence et respect pour la conscience d'un artiste qui va passer toute nue et *sans défense* sous vos yeux !

PÉRONNE. — 1468.

BOURGOGNE.

2.

PERSONNAGES.

LE DUC CHARLES DE BOURGOGNE.

LE SIRE ROBERT, gouverneur de Péronne

LE GLORIEUX, premier plaisant du duc.

JEAN KELLER, vieillard suisse.

JEAN ROC, chef de routiers.

PHILIPPE DE COMINES, chambellan du duc.

PONCET DE LA RIVIÈRE, exilé français.

LE MARÉCHAL DE BOURGOGNE.

BLANCHE DE SAINT-SIMON.

UN CAVALIER, CHEVALIERS BANNERETS, HOMMES D'ARMES, ARCHERS, PAGES.

———

LOUIS XI.

LE CARDINAL DE BOURBON.

LE COMTE DU LUDE.

CAPITAINE DES ÉCOSSAIS.

TRISTAN, UN MOINE.

ÉCOSSAIS, PAGES, COURTISANS, POPULAIRE.

Vous le voyez : tel est l'homme!
Pleurez donc sur vos pères tombés, mais
Ne les condamnez pas sans pitié!

Mulliner L'Expiation.

BLANCHE
DE SAINT-SIMON.

Une grande salle d'entrée communiquant à la salle du conseil de Bourgogne. La grande fenêtre ogive du fond regarde sur la cour du château, et laisse voir le pont-levis et la tourelle du guet, toute verte de lierre et de mousse. Dans le fond de la salle s'agitent des groupes de pages, d'hommes d'armes et de chevaliers à bannières.

SCÈNE PREMIÈRE.

Le sire ROBERT. Le maréchal de BOURGOGNE. PHILIPPE de COMINES. PONCET de la RIVIÈRE. LE GLORIEUX. JEAN KELLER.

LA RIVIÈRE.

Je n'en crois pas un mot, mes seigneurs;
le roi Louis onzième est trop fin renard pour

venir de lui-même s'enfermer dans le piége.... Je vous dis que je n'en crois pas un mot.

COMINES.

Rien n'est plus vrai pourtant; il a demandé un sauf-conduit à notre seigneur et maître le duc Charles de Bourgogne, et l'entrevue aura lieu aujourd'hui même dans cette bonne ville de Péronne.

LA RIVIÈRE.

Je voudrais bien voir le sauf-conduit!

COMINES.

Soyez donc satisfait, car le voici, j'ai moi-même expédié l'original au camp de Dammartin...

Lisant.

« Monseigneur, très-humblement à votre » grâce je me recommande. Si votre plaisir est » de venir en cette ville de Péronne pour nous » entrevoir, je vous jure, *par ma foi et sur* » *mon honneur*, que vous y pouvez venir, de- » meurer, séjourner et vous en retourner

» franchement et quittement aux lieux de
» Chauny et de Noyon, à votre bon plaisir,
» toutes les fois qu'il vous plaira, sans qu'au-
» cun empêchement soit donné, à vous ni à
» nul de vos gens, par moi ni par d'autres,
» *pour quelque cas qui soit et qui puisse adve-*
» *nir.* En témoignage de ce, j'ai écrit et signé
» de main cette cédule.

    » En la ville de Péronne, etc. »

Signé CHARLES.

Eh bien! que dites-vous maintenant, sire
de La Rivière?

LA RIVIÈRE.

Oui,... oui, beaucoup de sermens, beaucoup de lignes noires sur parchemin blanc,
et beaucoup de noires pensées au fond de la
tête!... Je dis que Louis XI ne viendra pas.

LE MARÉCHAL.

Et moi, je dis que notre duc est bien débonnaire aujourd'hui de pourparler avec le
roi ainsi qu'un enquesteur au parlement....

Par saint Georges! qu'il nous laisse faire, et nous saurons bien mesurer les Parisiens à l'aune de Paris, qui est la grande aune!

LE GLORIEUX.

Ah, ah, ah, ah, ah!...

LE MARÉCHAL.

Que ricane ce pantin à triple fil?

LE GLORIEUX.

Je ris de souvenir!... ah, ah, ah, ah!...

LE MARÉCHAL.

Et de quoi peut se souvenir cette petite boîte vide que tu appelles ta tête?

LE GLORIEUX.

D'avoir vu, à la bataille de Montlhéry, des chevaliers bourguignons bien braves et bien reluisans que les Parisiens mesuraient à l'aune de Paris, qui est la grande aune!...

LE MARÉCHAL.

Voilà un méchant petit animal qu'il faut que j'étouffe dans mes deux mains!

LE GLORIEUX.

Holà! messire le maréchal, respectez mes priviléges de premier plaisant du duc de Bourgogne.... Voici mon parchemin,... c'est ma cotte d'armes à moi!... (*Il tient le parchemin ouvert sur sa poitrine.*) Holà, vous dis-je! N'avancez pas, et prenez garde que si je levais cette marotte sur votre tête, votre tête pourrait bien tomber à vos pieds!

LE SIRE ROBERT.

Prenez garde, en effet, messire, le Glorieux est méchant... comme un fou!... On dit qu'il a déjà envoyé plus d'une tête au prévôt des maréchaux,.... car le duc Charles a plus d'un faible pour lui!... Une tête par faiblesse, ce n'est pas trop, n'est-ce pas, mes seigneurs?

COMINES au sire ROBERT.

Ah! messire le gouverneur, je vous cher-
chais pour vous faire une question.... Que
vous a donc fait le roi Louis onzième? Vous
en parlez souventes fois bien méchamment!

LE SIRE ROBERT.

Ce qu'il m'a fait? Mais écoutez-le donc, vous
autres, il me demande ce que Louis XI m'a
fait! Eh bien, après la bataille de Montlhéry
où je sauvai le duc de Bourgogne, je fus son
prisonnier. Une nuit, il me fit venir secrètement dans son retrait de la Bastille, et là il
me proposa ma liberté pour un crime. Il fallait assassiner son frère de Guyenne!.... J'ai
dit : « Puisque l'idée t'en est venue à la tête,
dis à tes mains de l'exécuter; assassine ton
frère, ô Louis de France!... » Alors il m'a fait
prendre par son Tristan à face humaine, qui
m'a conduit à la grosse tour du château
d'Usson en Auvergne. Là, pendant six semaines, une pauvre femme franchit les fossés,
et m'empêcha de mourir en me passant
de son pain noir à travers un vieux créneau..

Après cela, un lit de pierre et de salpêtre, une voûte qui pleurait lentement dans les ténèbres sur mes membres nus, et à chaque larme de la voûte un réveil, et à chaque réveil, des soupirs, des sanglots et un écho pour me les faire entendre.... et puis des cris de rage et de vengeance, et mes barreaux que je mordais, et puis dix années sur tout cela.... Voilà ce qu'il m'a fait!... Hein ?...

COMINES.

Mais après ces dix années?

LE SIRE ROBERT.

Oh! après ces dix années, il lui vint une autre idée.... Voyant que mon corps et moi nous nous obstinions à vivre de cette vie-là, il m'a fait une cage de fer, avec un siége de fer, avec un collier de fer... Voilà ce qu'il m'a fait!...

LA RIVIÈRE.

Par Notre-Dame, voilà une monstrueuse invention ! et il envoya cette cage en Auvergne ?

LE SIRE ROBERT.

Vous l'avez dit, il envoya cette cage en
Auvergne au bâtard de Bourbon qui me
gardait, et le bâtard de Bourbon...

LE GLORIEUX.

Pardieu ! le bâtard de Bourbon ouvrit la
cage, vous enferma dedans et vous souhaita
la bonne nuit, n'est-ce pas ?

JEAN KELLER.

Non, mes amis, le bâtard de Bourbon,
grand-amiral de France, dit une parole si
énergique, que Louis XI lui-même recula
devant. Il lui dit : « Si le roi veut traiter
» ainsi ses prisonniers, il n'a qu'à les garder
» lui-même; il en fera, s'il le veut, de la chair
» à pâté ! »

LA RIVIÈRE , avec ébahissement.

Ah !... je ne savais pas que le bâtard de
Bourbon fût décapité !...

JEAN KELLER.

Je vous dis que Louis XI recula devant. Il
y a de ces têtes qu'un tyran n'ose abattre,
elles feraient tant de bruit en tombant, que
le peuple pourrait bien se réveiller !

LE GLORIEUX.

Bien pensé et bien dit, vieillard; mais
croyez-vous que la colère de Louis XI n'a
pas débordé sur d'autres ? Apprenez qu'après
l'évasion du sire Robert que voici, le roi de
France eut la consolation de voir pendre à
trois potences toutes neuves le sire des Arcinges, son neveu et le procureur-royal
d'Usson... ce fut trois pour un.... Il n'y eut
rien de perdu.... Ah, ah, ah !....

JEAN KELLER, montrant le ciel.

C'est là-haut qu'on lui dira aussi : trois
pour un ! là-haut il n'y aura rien de perdu!

LE GLORIEUX, à JEAN KELLER.

Jean Keller, vous le sage et moi le fou,

nous parlons bien et ferme, mais nous parlons à une demi-douzaine de nonnes.....
(*à Comines*) Philippe de Comines, qu'est-ce
donc que Louis XI a fait au sire Robert, il
en parle souventes fois bien méchamment....
Ah, ah, ah!

COMINES.

Le Glorieux, vous jouez mauvais jeu à
rire ainsi à travers vos dents pointues... L'É-
criture a dit : Qui a ri pleurera !

LE GLORIEUX.

Fi de ces clercs à longues robes, qui à tout
propos ont une loi au bec ou une sentence!

JEAN KELLER.

Maintenant, mes jeunes seigneurs, voulez-
vous permettre à un vieillard d'Unterwalden
de vous demander ce que vous avez retenu
de tout ceci?

LE MARÉCHAL.

Quelle lubie prend aux treize cantons?

LA RIVIÈRE.

Mais de quoi veut-il qu'on se souvienne?

LE GLORIEUX.

Vous verrez qu'ils auront tous perdu la
mémoire!

JEAN KELLER.

Eh bien! le vieillard a retenu de tout ceci
que le sire Robert a été enfermé dix ans dans
la tour d'Usson en Auvergne; que le bâtard
de Bourbon a dit tout haut ce qu'aucun de
vous n'aurait osé penser tout bas, et que
Louis XI est un méchant roi;.... et puis encore que Louis XI est un méchant roi, car
Français ou Bourguignons, vous avez tous
une méchante mémoire!

LE SIRE ROBERT.

Celui qui se souviendra, Jean Keller, c'est
moi!

COMINES.

Savez-vous, mes seigneurs, que l'heure approche de l'arrivée du roi? Je suis sûr qu'il

3

vous tarde à tous de voir cette puissante figure qui tient fixé sur elle le regard de toutes
les nations du monde.

LE GLORIEUX.

Oh, oh, oh! je l'ai vue, moi, la puissante
figure aux petits yeux noirs brillant sous d'é-
normes soucis gris;... j'ai vu cette grande tête
de roi avec sa calotte toute reluisante de
graisse, et son petit chapeau unicorne tapissé
d'images comme l'autel de M. saint Georges
le dimanche de Pâques! La puissante figure
avait surtout une expression indéfinissable
de majesté, un jour qu'elle entendait lire le
compte des dépenses royales, commençant
par ces deux articles:

« Art. 1er. 20 sols pour deux manches neu-
» ves rajustées au vieil pourpoint de sa ma-
» jesté.

» Item, 15 deniers pour graisser ses bottes!»

JEAN KELLER.

Louis XI est plus généreux à acheter les
consciences!

LE GLORIEUX.

Cela est-il vrai, sire de Comines? On dit que vous en savez quelque chose.

COMINES, montrant le Glorieux.

Il y a une vipère qui siffle dans ce petit homme que voici!...

LE GLORIEUX.

Ah, ah, ah!... mes beaux seigneurs, regardez donc le sire Robert:... dirait-on pas qu'il étudie aux astres?... (*Allant à lui.*) Beau sire, voulez-vous point que j'astrologue avec vous? Il ne m'entend seulement pas;... il rêve... Eh bien, écoutez tous, je vais appeler sa pensée par son nom... (*Il crie.*) Blanche de Saint-Simon!...

LE SIRE ROBERT.

Qui a dit son nom?

(Rire général.)

LA RIVIÈRE.

Le Glorieux a visé juste.

LE SIRE ROBERT.

Qu'y a-t-il?.. Ai-je parlé?.. Je ne sais ce que
ma bouche a pu dire, car je rêvais... Je rêvais
à..., tenez, à cette belle ballade d'Alain Chartier...

LE GLORIEUX.

Il rêvait en sa double qualité d'amoureux
et de poëte... Amoureux, oh! vous l'êtes, messire le gouverneur; et poëte, qui ne l'est
pas?...Louis XI l'est bien, lui, à côté de Tristan!...

JEAN KELLER.

On disait pourtant vos rois de France bien
ignorans.

LE GLORIEUX.

Comment donc! mais c'est un blasphème!
Charles VII lisait couramment dans une
chronique!

LE MARÉCHAL.

Et pourquoi le sire Robert va-t-il s'aviser

d'aimer Blanche de Saint-Simon? C'est la plus belle dame de toute la comté de Bourgogne, mais c'est peut-être la seule cruelle !... une véritable Lucrèce bourguignonne, qui nous irait bien mal à nous autres hommes d'armes, qui faisons durer l'amour juste le temps de gagner une bataille...

LE GLORIEUX.

La bataille de Montlhéri, par exemple !...(1).

LE MARÉCHAL.

Veux-tu railler long-temps encore?

LE GLORIEUX.

C'est fini, maréchal; juste le temps de dire: La bataille de Montlhéri, par exemple !...

LA RIVIÈRE.

Fussiez-vous aussi beau que le roi Edouard d'Angleterre, sire Robert, n'espérez rien de Blanche de Saint-Simon.... Figure d'ange, cœur de démon !... moi-même j'y ai échoué...

LE GLORIEUX.

Lui qui est plus beau que le roi Edouard,
lorsque le roi Edouard paraît au milieu d'une
orgie déguisé en moine, la cagoule sur les
yeux !

LE SIRE ROBERT, seul.

Blanche de Saint-Simon, c'est parce que je
vous aime qu'il faut que j'entende et que je me
taise !

COMINES.

Poëte contre poëte, Alain Chartier était
plus heureux que le sire Robert : si Blanche
de Saint-Simon est un ange, Marguerite d'E-
cosse était une femme !.... Un jour qu'elle
trouva Alain endormi, elle lui mit un baiser
sur la bouche,... ah, ah, ah !

JEAN KELLER.

Et vous oubliez de raconter le reste, n'est-
ce pas?... Marguerite d'Ecosse dit tout haut :
« Ce n'est pas à l'homme que j'ai donné un
» baiser, mais à la bouche d'où sortent de si

» belles paroles! » (*A lui-même.*) Quel air on respire dans cette cour de Bourgogne! l'on ne peut faire un pas sans heurter une calomnie ou un crime. O mes montagnes!...

LE SIRE ROBERT.

Je ne vous dirai qu'un mot, mes seigneurs aux légères paroles : Blanche de Saint-Simon est mariée !

LE MARÉCHAL.

Eh bien?

LA RIVIÈRE.

Eh bien ?

LE GLORIEUX.

Eh bien, cela veut dire que le sire Robert n'oserait pas, car son confesseur est si pudibond que pour fuir un adultère il courrait jusque dans les cuisses du diable!

LA RIVIÈRE.

Il n'irait pas jusqu'au diable sans rencontrer beaucoup d'adultères sur son chemin...

LE MARÉCHAL.

Par la mort-Dieu ! vos moines de cour ne
s'enfuient pas ainsi... ils ont la main facile
et l'oreille usée, et il y a plus d'un secret pour
leur rendre la conscience plus large que la
gueule du bombarde !...

LE GLORIEUX.

Le comte d'Armagnac, par exemple, qui
battait son confesseur pour le forcer à lui
donner l'absolution !

LE MARÉCHAL.

Eh ! de quoi se plaint le moine?.. Par saint
Georges, c'est une discipline qui lui comptera
là-haut !

LE GLORIEUX.

Holà, maréchal, les moines n'aiment qu'une
espèce de discipline...

LE MARÉCHAL.

Laquelle ?

LE GLORIEUX.

Celle qu'ils se donnent eux-mêmes !

LE SIRE ROBERT, emmenant le Glorieux.

Viens par ici, monsieur le fou. Ecoute, je
t'ai laissé faire ton office avec patience, c'est à
mon tour, n'est-ce pas ? Ecoute, te dis-je, je
ne puis plus vivre ainsi..... Si, selon ta promesse, tu ne me rends Blanche favorable aujourd'hui même, demain je serai mort... et
toi aussi peut-être !...

LE GLORIEUX.

Monseigneur, vivons tous les deux, n'est-ce
pas, si cela ne dérange pas trop vos projets !
Je vous donnerai la dame et vous me laisse-
rez la vie... Écoutez-moi à votre tour. Pendant
que le benin duc Charles, notre maître, ira
sur la grande route se becqueter avec le
benin roi Louis XI, le maître des autres, reve-
nez dans cette salle, et je vous dirai ce que
j'ai trouvé pour votre amour.... et pour le
mien...

LE SIRE ROBERT.

N'as-tu pas dit ton amour?

LE GLORIEUX.

J'ai dit mon amour.

LE SIRE ROBERT.

Un fou, est-ce que cela aime?

LE GLORIEUX.

Oh! une femme aussi m'a dit cela. Sire Robert, souvenez-vous de ceci : un fou, cela aime!

LE SIRE ROBERT.

Garde ton secret.

LE GLORIEUX.

Oui.

LE MARÉCHAL, les montrant.

Ah, oh, ah, ah!... un amoureux et un fou

q ui conspirent ensemble.... cela sera donc bien terrible ?

COMINES.

Peut-être, maréchal, car l'amoureux a un poignard et le fou a une langue !

LA RIVIÈRE.

Silence !... rangeons-nous... voilà monseigneur le duc...

LE GLORIEUX.

Allons, messires les courtisans, rentrez tous dans vos chaudières, voilà monseigneur le diable !

SCÈNE II.

Le duc de BOURGOGNE. Suite de courtisans, parmi lesquels on remarque L'ESCOUTÈTE, grand-prévôt des maréchaux, TRISTAN DE BOURGOGNE! Pages. Hommes d'armes. Archers.

On entend vibrer deux coups de cor d'échos en échos dans le lointain.

LE DUC.

Eh bien! beaux cousins et seigneurs, qu'en dites-vous? voici que le roi n'est plus qu'à deux distances de Péronne; la sentinelle de la tour d'Hébert vient de sonner deux coups de cor...

LE MARÉCHAL.

Je dis, monseigneur, que vos hommes d'armés et vos francs archers sont impatiens de

colère contre cette entrevue! Ils se croyaient
si sûrs de marcher aux Français aujourd'hui
même, que les capitaines et les dixainiers (2)
avaient déjà vendu leur part du butin à des
Juifs venus de Lombardie... Par la mèche
d'une bombarde! il vaut mieux se battre que
frotter son épée pour la rendre brillante, ou
bien caparaçonner sa chèvre avec de l'or et du
velours pour la rendre coquette!... (3) Monseigneur, c'est le vieux Lohéac qui vous le
dit, les casques et les haubergeons reluisent
trop dans votre armée et cela éblouit... il faudrait là-dessus un peu de poussière picarde
mêlée à du sang de France!...

LE DUC.

Vous êtes pour la guerre, messire de Lohéac;
c'est bien, et vous ne seriez pas digne d'être
le maréchal de Bourgogne, si vous aviez la
pacifique enveloppe du chancelier que voici...
A ceux-ci les fourrures, à vous autres le fer!

Donc, prenez patience, le jour où il faudra
besogner la grande épée aux deux mains,
n'est peut-être pas loin d'ici... vous êtes entre

deux chances favorables, l'armée de Dammartin et le populaire de Liège..... Et puis que
risqué-je à entendre ce que me veut psalmo-
dier le roi Louis onzième?.. Avant une heure
dans ma bonne ville de Péronne... et si je
voulais...

COMINES.

Monseigneur, n'oubliez pas que vous lui
avez envoyé un sauf-conduit.

LE DUC.

Un sauf-conduit!..... qu'est-ce que cela
prouve un sauf-conduit?... Le roi Louis XI
a déjà manqué tant de fois de parole au roi
d'Angleterre et au duc de Bretagne, qui le lui
ont bien rendu par saint Georges! qu'il faudrait faire le compte des sermens pour savoir
lequel des trois est en avance ou en retard
d'un parjure!...

LE GLORIEUX, comptant sur ses doigts.

Sept.... neuf... onze... de onze je retire dix...
reste un... ah, ah, ah!

LE MARÉCHAL.

Que comptes-tu là, le Glorieux?

LE GLORIEUX.

Le compte des sermens de Louis XI avec
le duc de Bourgogne, et j'ai trouvé que le duc
de Bourgogne peut regarder le sauf-conduit
comme nul, car Louis XI est en avance d'un
parjure!...

LA RIVIÈRE.

Monseigneur fait mine de ne pas entendre.

LE MARÉCHAL.

Je le crois bien, ce fou vient d'en dire plus
qu'il n'en faut pour faire pendre toute une
compagnie!

LE DUC.

Comines, êtes-vous bien sûr que le roi dé-
sire la paix, mais là, sans fraude ni tromperie?

COMINES,

Si j'en suis sûr, monseigneur? je n'en vou-

drais pour témoin que cette ordonnance qu'il
vient d'expédier du camp de Dammartin à
toutes les bonnes villes de France...

*Il tire benoîtement l'ordonnance du sac d'écarlate qui pend au
ceinturon de sa robe.*

LA RIVIÈRE.

Il a déjà l'ordonnance.

LE SIRE ROBERT.

Je jure que le traître l'avait avant le roi
lui-même !

COMINES, lisant.

« Il est ordonné à tous Français chevaliers,
» hommes d'armes et manans, de se mettre à
» deux genoux au coup de midi, de se signer
» dévotement et de faire une prière à Notre-
» Dame pour obtenir bonne paix. »

LE GLORIEUX.

Juste au coup de midi ! Ah, ah ! je gage ma
ma marotte paillarde contre l'épée vierge du

chevalier que voici, que hommes d'armes et
manans se mettront à genoux tout bonne-
ment pour dire le *benedicite !*....

COMINES.

Et puis, les termes du sauf-conduit sont
tels, monseigneur, que vous ne pouvez sans
manquer à l'honneur....

LE DUC.

Vous avez bien du souci pour mon honneur, monsieur de Comines ; apprenez que je
saurai bien le garder tout seul !... Et qui vous
dit que je toucherai à la personne du roi ?
Dieu et monseigneur saint Georges n'en sa-
vent pas si long que vous... Mais, par le diable ! que ces Liégeois se tiennent tranquilles...
Jean de Wilde se remue beaucoup depuis
quelques nuits... On a vu rôder dans l'ombre
deux hommes qui pourraient bien être des
émissaires du roi Louis, chargés de souffler
dans le populaire pour le faire se gonfler.....
Mais, par-là, char-dieu ! d'un seul coup de

mon épée je percerai l'outre!... Que ces vilains ronflent dans leurs tavernes, ou bien je raserai leur ville, et je ne laisserai pas un Liégeois pour en montrer la place dans la campagne!...

JEAN KELLER.

Duc de Bourgogne, un peu plus de prudence! contre tant de Liégeois à pendre et tant de maisons à raser, un seul duc à renverser!... oh! la partie ne serait pas égale.... pour vous, duc de Bourgogne!

LE DUC.

Par saint Georges! voilà un manant bien outrecuidé de parler ce langage devant moi.... Celui qui t'a laissé entrer ici vivant t'en verra sortir mort, sais-tu bien cela?.... Tu as une minute.... vite, à deux genoux, manant, pour dire ton nom à mon épée!...

JEAN KELLER.

Je suis Jean Keller, envoyé par les treize

cantons suisses pour vous dire un seul mot : Guerre !

LE DUC, à part.

Encore ces Suisses ! et dans quel moment !... mordons nos lèvres !... (*Haut.*) Vieillard, je connais la rudesse de vos mœurs.... parlez en toute liberté, par saint Georges ! Mon trône ducal n'est pas de ceux qui s'écroulent devant le souffle d'un homme !... (*Au chancelier et bien bas.*) Chancelier, hâtez-vous de préparer un simulacre d'audience pour cet homme, et que dès demain il retourne pâturer avec les bœufs d'Unterwalden !...

LE GLORIEUX, bas au duc.

Ou bien aiguiser ses broches avec les ours de Berne !...

JEAN KELLER.

Ma vie s'en va, duc Charles, peut-être ne reverrai-je plus mes montagnes... Ainsi votre bourreau peut me prendre.... sa hache ne saura faire que je n'aie pas vécu soixante-dix

4.

annéez, et que je ne vous aie pas fait entendre le mot pour lequel je viens : Guerre !

LE DUC, qui semble ne pas écouter.

N'entends-je pas le cor de la tour ?... Écoutons... Non, c'est le vent qui gronde par les vitraux de la chapelle... Tu n'arriveras donc point, ô Louis XI de l'enfer ?...

JEAN KELLER.

De quoi ris-tu, fou de Bourgogne ?

LE GLORIEUX.

De voir encore ta tête sur tes épaules, fou d'Unterwalden !

LE DUC.

Maréchal, ma dernière militie (4) est-elle exécutée dans votre armée ?

LE MARÉCHAL.

Oui, mais les capitaines murmurent...

LE DUC.

Et que disent-ils?...

LE MARÉCHAL.

Ils ne disent pas, ils veulent que vous la
déclariez nulle. La vente du butin ainsi ré-
partie ne peut suffire à l'entretien de leurs
chevaux et de leurs femmes... Quelle est votre
réponse ?...

LE DUC.

Ah, ils veulent une réponse!... Par saint
Georges ! qu'on laisse faire ces mutins, et il y
aura bientôt en Bourgogne autant de ducs
que de capitaines... Oh ! je ne suis pas si débonnaire, entendez-vous, maréchal, que de
me laisser monter sur les épaules pour qu'une
nuit on abatte ma tête!... Je suis plus grand
qu'eux tous de plusieurs coudées, et je me
tiendrai si droit et si ferme qu'ils n'arriveront
que jusqu'à mon épée... Que Dieu et Notre-
Dame me soient en aide, et l'on saura bientôt
qui commande ici!... Ah! ils veulent une ré-

ponse!... Où est mon bourreau ? L'Escoutête,
prends ta hache et ton billot... va au camp,
et dis que tu es la réponse vivante du duc de
Bourgogne!... Point de pitié, et que le sang
étouffe les murmures!

JEAN KELLER.

Voilà une parole qui montera au ciel plus
vite que toutes les autres!

LE GLORIEUX arrête le bourreau sur le seuil.

Monseigneur le bourreau, prends garde
que s'ils se mettent à murmurer tous ensemble, cela ne t'oblige à décapiter toute l'armée... ou à te laisser décapiter toi-même pour
avoir plus tôt fini!... Ah, ah, ah!... monseigneur le maréchal, que disent les capitaines
de la dernière milice du duc de Bourgogne ?...
(*Après un silence.*) Allons, allons, tenez, voilà
que les capitaines ne disent plus rien!...

LE DUC.

Sire Robert, approchez... A propos, maré-

chal, lorsque le cor de la tour nous dira
qu'il est temps d'aller au devant des Français, rangez en bataille cent lances et les
francs archers de Saint-Pol... Qu'on mette les
chausse - trappes et qu'on pointe les coule-
vrines sur les deux flancs de la grande route...
Ah! et la mèche de la bombarde la Liégeoise
qui est mouillée! placez-en une neuve... Soyez
prêt à tout, maréchal, car celui que nous
attendons, c'est Louis XI! Cependant, je
veux que la réception soit magnifique, et que
chaque figure exprime amour, respect et
joie...

LE GLORIEUX.

Joie, respect et amour?... Voilà bien de la
besogne à la fois pour chaque figure... Plus
court serait de faire distribuer des masques
avec ces trois choses-là en peinture, dût-on
par-dessous maugréer à tous les diables!...
Mais tenez, monseigneur, voilà le sire Robert que vous avez appelé tout à l'heure, et
qui se tient près de vous, debout et pâle
comme une portraiture en cire... Le sire Ro-

bert est amoureux, monseigneur; dites-lui
quelque douce parole; cela coûte si peu, et
cela fait tant de bien... Ah, ah, ah, ah!...

LE DUC.

Si vous êtes amoureux, monsieur le gouverneur, faites place à l'autre fou... Par saint
Georges! je n'ai que faire des amoureux le
jour de l'arrivée du roi de France!...

LE MARÉCHAL, aux seigneurs.

J'ai vergogne de voir l'office de ce bouffon
auprès de ce duc qui ne rit qu'avec le bourreau!..

LE DUC.

Messire de La Rivière, dites-nous ce qu'a
façonné votre génie parisien pour la grande
réception du duc de Paris, de Louis XI!.....
Toujours ce vent aux vitraux de la chapelle,
et jamais le cor de la tour...

LA RIVIÈRE.

A l'arrivée du roi Louis XI devant les por-

tes de la ville, sept des plus belles dames se
mettront en ordre pour présenter au-dessus
de leurs têtes les sept lettres en fleurs qui
composent le mot *Péronne.*

LE GLORIEUX, au sire Robert.

Eh! si Blanche en était!... Louis de France
est amoureux comme un moine.

LE DUC.

Que dit si mystérieusement notre fou?

LE GLORIEUX.

Que le roi est bon compagnon, et qu'il dira
merci pour les sept dames de Péronne.

LE DUC.

Et d'où sais-tu cela?

LE GLORIEUX.

Comines nous lisait l'autre jour un billet
du roi à Dammartin, dans lequel il reconnait

avoir emprunté deux cent quarante livres
six sols huit deniers, *pour ses plaisirs et voluptés.....*

JEAN KELLER.

Les voluptés du roi Louis XI? Il doit y avoir
du sang là-dedans!..

LA RIVIÈRE.

Les rues où passera le cortége seront ten-
dues de belles tapisseries d'Arras représen-
tant les personnages de la Bible... De plus,
un célèbre poëte m'a livré pour deux écus un
beau mystère, tout neuf, à onze personnages,
sans compter saint Michel et monsieur Satan...
Si le mystère ne réussit pas, il sera retranché
un écu, et l'auteur se charge en outre de l'é-
chafaudage et du luminaire moyennant quarante sols six deniers, à condition qu'on lui
prêtera la robe de chambre de monseigneur
pour faire le costume de la Vierge.

LE GLORIEUX.

L'auteur n'est-il pas Jean Flambart, char-
pentier et poëte à Bruges?

LA RIVIÈRE.

C'est lui-même.

LE GLORIEUX.

Alors il ne recevra qu'un écu ; car son dernier mystère a été hué aux fêtes de Bruges.....
Cependant, pour être juste, il faut avouer
que tout n'était pas de la faute du charpen-
tier-poëte ; les personnages y ont bien con-
tribué pour leur part. Vénus était une damoiselle de Gand qui pesait deux cents livres,
Minerve était bossue, l'Amour se mit tout
d'un coup à croquer une pomme, et Jupiter
relevait d'une fluxion de poitrine.

(On rit aux éclats.)

LE DUC , seul à une table.

Je vais donc enfin te voir, ô Louis XI de
l'enfer !..

LA RIVIÈRE continue.

Dans le petit pré aux Clercs, un grand lion

de pierre versera du vin du Rhin, un cerf du
vin de Beaune; à l'heure des repas une licorne
fera jaillir de l'eau de rose dans un énorme
lavabo, et tour à tour du vin de Malvoisie,
du vin de la Romanée et de l'hypocras.

LE GLORIEUX.

Et le populaire boira, se vautrera et ron-
flera.

JEAN KELLER.

Oui, et pendant que le peuple dort, les rois
veillent (5)!..

LE DUC, seul.

S'il allait retourner sur ses pas!... Ce maudit cor ne sonnera donc point?

LA RIVIÈRE.

J'espérais aussi avoir une belle danse *macabrée* (6); mais l'homme qu'il nous fallait est
mort justement la nuit dernière.

LE GLORIEUX.

Oui. Le manant s'est-il pas avisé de mourir

de faim juste au moment où ils avaient besoin
de lui pour les faire rire après boire.

LA RIVIÈRE.

Puis viennent les présens pour la maison
du roi, les étoffes d'or et d'argent de Chypre
et de Lombardie, des casques d'acier de Mon-
tauban.

LE GLORIEUX.

Holà! pas de casques pour le roi Louis...Une
calotte et un livre d'heures, voilà son affaire...
Ajoutez pourtant quelques pièces d'écarlate
de Bruxelles; car il a toujours dans ses jambes
une demi-douzaine de cardinaux rouges...

LE MARÉCHAL.

Une demi-douzaine de cardinaux! Par la
mort-Dieu, c'est trop de six!....

LE GLORIEUX.

Ce n'est pas trop, maréchal, et il est bon
que le roi Louis en ait toujours un sous la

main pour ne pas étouffer dans un péché
mortel !

LA RIVIÈRE, continuant.

Enfin...

LE MARÉCHAL ET COMINES.

Enfin !

LE DUC, se réveillant.

Est-ce que Louis XI arrive enfin ?

COMINES.

Non. C'est la fin de la fête qui arrive !

LA RIVIÈRE.

J'ai fait aussi dresser la fameuse tente que
le vieux duc Philippe (monsieur saint Leu-
froy lui soit en aide !) a fait broder de feuilles
et d'étincelles d'or, pour son hôtel de la rue
Mauconseil, lors des noces du dauphin, et je
me rappelle que c'est là que les deux époux
devaient.....

On entend un son de cor, prolongé.

LE DUC.

Voilà le cor de la tour... Faites silence, il
va répéter..... (*Les courtisans parlent encore.*)
Par-là, chardieu! silence à la tête qui veut
rester debout!...

(Un son de cor expirant avec le vent dans le lointain.)

Ah! je vais donc enfin te voir en face, dam-
né moine à couronne!... A cheval, à cheval,
messires; allons au-devant de notre seigneur
et maître le roi Louis onzième.

(Ils sortent tous, excepté le sire Robert, Jean Keller et le Glorieux.)

JEAN KELLER, au sire Robert.

Sire Robert, vous êtes seul..... Votre main
tremble dans la mienne... et tout à l'heure
j'ai vu une larme dans vos yeux... Vous êtes
bien malheureux, n'est-ce pas?

LE SIRE ROBERT.

Oui, bien malheureux!

JEAN KELLER.

Eh bien, quand vous souffrirez trop, ap-
pelez-moi, je viendrai, et nous serons deux
contre votre douleur!..(*A lui-même.*)Quelque
chose m'attire vers ce jeune homme qui souffre... Il me semble que je revois le fils que j'ai
perdu... Oh! oui, voilà ses yeux, sa pâleur,
voilà son regard vers le ciel..... Ah! si Dieu
voulait me donner un autre fils pour venir
pleurer sur ma tombe, je lui demanderais celui-là!...

LE SIRE ROBERT, à LE GLORIEUX.

Tu sais qu'il faut m'attendre... Souviens-
toi que pour Blanche de Saint-Simon je veux
jouer aujourd'hui mon âme..., mon sang, ma
vie!...

JEAN KELLER.

Sire Robert, prends garde, en effet, que ce
ne soit ta vie!

LE SIRE ROBERT.

Et toi, vieillard, prends garde de ne pas

m'aimer : va, tu ne sais pas ce qu'il y a dans
ma tête!...

Eh bien! voici ce que le vieillard te répond : dès ce moment tu es mon fils pour
le bonheur comme pour l'infortune... Sire
Robert, quand l'heure de ta mort sonnera,
tourne la tête, Jean Keller sera là!.....

Ils descendent le grand escalier.

LE GLORIEUX , resté seul.

Va..., va, seigneur amoureux! oui, je te ser-
virai dans ton amour, parce que ton amour,
c'est le mien! Tu veux son déshonneur? Tu
l'auras... car moi aussi je l'ai aimée, moi aussi
j'ai osé dire : Blanche, je vous aime! Et elle
m'a répondu quelque chose que je n'oublie-
rai que là où il faut bien qu'on oublie... dans
la tombe,.. elle m'a dit : « Une femme ne
» peut aimer qu'un homme, et vous êtes un
» hochet; venez, venez, vous ferez jouer ma
» fille! » Et voilà le huitième jour que je vis

5

avec ce mot-là! Sire Robert, la partie va s'engager; veux-tu y jouer ta tête comme j'y
jouerai la mienne? Oh! il se passe quelque
chose de bien mauvais en moi, car je sens là
que je voudrais leur faire souffrir à tous ce
qu'il m'a fallu rire depuis huit jours... Mais
non... non, cela serait affreux... ce serait trop
de vengeance tout d'un coup!.. Déjà quelqu'un... C'est Jean Roc!.. Oh! ce n'est pas le
ciel qui me l'envoie, celui-là!...

SCÈNE III.

LE GLORIEUX. JEAN ROC.

LE GLORIEUX, avance au mlieu de la grande salle et rencontre
Jean Roc face à face.

C'est toi !

JEAN ROC.

C'est moi.

LE GLORIEUX.

Il y a donc un crime à faire ici ?

JEAN ROC.

Oui, puisque je t'y rencontre.

5.

LE GLORIEUX.

Tu dis vrai peut-être... Pourquoi viens-tu
ici?

JEAN ROC.

Pour une vengeance. Et toi?

LE GLORIEUX.

C'est pour une vengeance que j'y demeure...
Écoute, te souvient-il du 8 octobre 1462?

JEAN ROC.

Si je m'en souviens? c'est de ce jour que
date ma seconde existence. Le comte de Charolais, aujourd'hui notre duc, m'avait envoyé, mais c'était pour une grosse somme,
entends-tu? m'avait envoyé joindre le roi
Louis XI, pour lui faire d'étranges proposi-
tions d'assassinat contre ledit duc, et en tirer
quelque bonne preuve écrite... Je partis, j'arrivai près de Tours à la nuit tombante, et
j'avais peine à trouver le château du Plessis,

lorsque tout-à-coup ma tête s'embarrassa dans les jambes d'un homme nouvellement pendu à un arbre, et que le vent balançait comme une vieille défroque à faire peur aux oiseaux. Je fis un pas... au second arbre un second pendu! Ce fut un trait de lumière... je suivis la ligne des pendus et j'arrivai ainsi à la demeure royale!....

Dès le lendemain je proposai mon affaire; mais par malheur le roi Louis XI a l'œil si subtil et si sûr qu'il reconnaîtrait un diable dans les bras de la vierge, fût-il aussi blanc que l'enfant Jésus... Toujours est-il que quelques heures après il me regardait tranquillement monter à l'un des arbres de son parc, lorsqu'il se mit à dire plus tranquillement encore : que les chaleurs devenaient dangereuses; que la brise du soir apportait l'odeur des cadavres à travers les orangers jusqu'à la chambre où il disait ses heures, et que bien décidément il ne fallait plus pendre avant l'hiver!

LE GLORIEUX.

Alors on voulut te noyer dans un sac de cuir ?

JEAN ROC.

Brrrrrrr....... Je frissonne rien que d'y penser...

LE GLORIEUX.

Et qui fut chargé de te coudre dans le sac ?

JEAN ROC.

Par le bonnet de nuit du pape! ce fut toi, car tu étais alors l'un des valets de Tristan !

LE GLORIEUX.

Ah! ne me maudis pas, Jean Roc : si tu savais, j'avais quinze ans, j'avais perdu ma mère, et il fallut vivre..... Va, aujourd'hui je suis descendu bien plus bas encore... je suis....

JEAN ROC.

Tu me fais trembler.

LE GLORIEUX.

Je suis le fou du duc de Bourgogne (7)!

JEAN ROC.

Voilà qui est miraculeux... Autrefois tu fai-
sais pleurer, maintenant tu fais rire... Allons,
allons, il y a un dieu !....

LE GLORIEUX.

Si cela est, peut-être me pardonnera-t-il le
crime que je fais, en considération de la belle
action que je fis alors, car au moment de te
coudre dans le sac de cuir, tu pleuras... tu
parlas de vivre encore... tu parlas d'une vieille
mère que tu avais quelque part... Cela me fit
souvenir de la mienne... Que sais-je, moi? je
pleurai aussi... car je pleurais alors; je mis à
ta place l'effigie du sire de Melun qu'on devait
brûler le lendemain, et je te laissai aller... Aujourd'hui je te retrouve, et puisque tu te souviens encore, sois mon homme à ton tour...

aide-moi pour ma vengeance, et je t'aiderai
pour la tienne...

JEAN ROC.

Quatre bras valent mieux que deux, n'est-ce
pas?

LE GLORIEUX.

Et deux mauvaises consciences valent mieux
qu'une...

JEAN ROC.

De qui te venges-tu ?

LE GLORIEUX.

D'une femme... Et toi?

JEAN ROC.

D'un mari...

LE GLORIEUX.

Elle me méprise et ne veut pas de mon
amour.

JEAN ROC.

Il me méprise, et je veux son argent.

LE GLORIEUX.

C'est donc le ciel qui nous réunit.....

JEAN ROC.

Il y a modestie : un autre aurait dit l'enfer.

LE GLORIEUX

Dieu ou le diable, qu'importe? si je ne puis
pas lutter davantage contre lui. Il faut que
ma destinée s'accomplisse...

JEAN ROC.

Amen..... Que veux-tu de la femme?

LE GLORIEUX.

Ce que je veux?.. je veux son déshonneur!
Elle n'a pas voulu m'élever jusqu'à elle... qui

sait? peut-être descendra-t-elle jusqu'à moi?

JEAN ROC.

Son déshonneur! Oh, oh, monsieur le fou!
je ne suis pas aussi méchant que vous... mon
homme vit, je veux qu'il meure : voilà tout.

LE GLORIEUX.

Que veux-tu faire de sa mort?

JEAN ROC.

La chose est d'une simplicité remarquable...
écoute. J'ai fait des affaires avec lui et j'y ai
perdu la moitié de mon épargne, et comme
je lui redevais une assez bonne somme, il m'a
fait saisir l'autre moitié... mais je me suis fait
une philosophie à ma façon et je me suis dit :
Patience, patience, mon bonhomme Jean!
ton tour viendra... Or, il m'arrive tout-à-
l'heure une idée qu'il conspire... donc je le
dénonce, donc le duc de Bourgogne me donne
la confiscation de son épargne (8), dans laquelle, avec l'aide de Dieu, j'espère retrouver

les deux moitiés de la mienne... Tu vois, mon
bonhomme Jean, que ton tour est venu !

LE GLORIEUX.

Ah! Blanche de Saint Simon, si je m'associe
à ce crime, c'est vous qui l'avez voulu.... Vous
m'avez pris pour un hochet, c'est un hochet
qui vous laissera du sang aux mains!

JEAN ROC.

N'as-tu pas dit : Blanche de Saint-Simon?

LE GLORIEUX.

Je l'ai dit.

JEAN ROC.

Embrassons-nous donc, frère; car si tu
veux Blanche de Saint-Simon, moi je veux son
mari...

LE GLORIEUX.

Quoi! Jacques de Wilde?

JEAN ROC.

Oui, Jacques de Wilde, le père du conspirateur de Liége... Oh! mes plans sont bons!

LE GLORIEUX.

Bien!.... Alors tu fais arrêter Jacques de
Wilde au nom du sire Robert le gouverneur,
ton ancien maître et mon rival; Blanche
vient lui demander la grâce de son mari...
Il faut bien qu'on aime le libérateur de son
mari... On l'aime!.... C'est alors que j'arrive,
moi, et que je dis : « Blanche, le fou aussi a
entre ses mains la vie de Jacques de Wilde...
Blanche, il faut se décider à aimer le fou
aussi!.... » Oh! ma tête se perd... je ne sais
ce que je lui dirai, mais il faudra que cela soit
bien terrible pour que cela me paye tout ce
que j'ai souffert..... Et pourtant, mon Dieu,
vous le savez, vous, si je n'avais pas un cœur
et une tête pour autre chose!.. Oh! comme
cela va vite à présent; je descends un préci-
pice, et je me sens rouler jusqu'au fond de
l'abîme!....

JEAN ROC.

Par la queue de notre seigneur et cousin monsieur Satan ! tu trembles, je crois. Du courage... du courage, et tout nous réussira...

LE GLORIEUX.

Oui..... mais s'il arrive de tout ceci le moindre petit souffle à l'oreille du duc... alors....... je...

JEAN ROC.

Veux-tu me faire la générosité de dire : *nous ?*

LE GLORIEUX.

Eh bien... nous... nous serons pendus !..

JEAN ROC.

C'est toi qui as dit la chose.... Ah, ah, ah ! oui, pendus par le cou, un peu au-dessus de la pomme d'Adam...

LE GLORIEUX.

Quoi, tu peux rire, Jean Roc!

JEAN ROC.

Ecoute donc, tu trembles pour le brigand...
moi, je ris pour le fou.... ah, ah, ah!.... Avant
de mourir, je demanderai une seule grâce...

LE GLORIEUX.

Laquelle?

JEAN ROC.

C'est de faire le voyage ensemble, et de
partir par la même potence!...

LE GLORIEUX, avec terreur.

Non!.. non!.... Ah! je suis bien plus malheureux que lui, car je n'ai pas le courage
de me faire un ami dans le crime!

JEAN ROC.

Ma philosophie de tout-à-l'heure a aussi

prévu la potence. Mon bonhomme Jean, me
suis-je dit, autant vaut mourir au bout d'une
longue corde qu'au bout d'une longue vie...
Autant vaut dormir pendu à l'ombre d'un bel
arbre, qu'étouffer dans un linceul à six pieds
sous terre..... Et puis, la curiosité, mon bonhomme Jean, la curiosité, n'est-ce donc rien
pour mourir? Et lorsqu'on s'ennuie trop ici-
bas, peut-on payer trop cher un coup-d'œil
sur l'autre monde?.. Et puis encore, mon bon;
homme Jean, le duc de Bourgogne ou le roi
Louis XI aurait fini par te faire étrangler :
donc c'est un crime que tu épargnes à l'un
des deux... Qui sait? cela te comptera peut-
être là-haut, mon bonhomme Jean!.. Ah, ah,
ah, ah!....

LE GLORIEUX.

Ah, que je souffre!.... (*Il part tout à coup
d'un éclat de rire factice et immodéré.*) Ah, ah,
ah, ah, ah, ah, ah!....

JEAN ROC.

Par la mâchoire d'un Flamand! que t'arrive-
t-il donc?

LE GLORIEUX.

Ah, pitié... pitié pour moi, Jean Roc! tu ne
sais pas? souvent j'ai des accès de folie... je
me crois à la cour... et alors je fais mon office de bouffon.... Cela m'arrive bien souvent
la nuit, sur la tombe de ma mère !....

JEAN ROC.

Malheureux jeune homme!.... Eh bien...
eh bien? pas d'émotion, mon bonhomme
Jean, tu sais que ta philosophie t'a défendu
de pleurer!... Écoute, Le Glorieux, on m'attend là-bas pour une bonne œuvre, dis-moi
vite où l'on te trouvera pour l'exécution de
notre complot?

LE GLORIEUX.

Pour cette fois j'ai manqué à la règle, mais
à l'avenir, cherche l'ombre du duc de Bourgogne : cette ombre là... c'est moi !

JEAN ROC.

Pour moi, je tiens mon quartier-général à

la cathédrale de Péronne, près de l'autel saint Georges... j'y suis à deux genoux tous les jours depuis midi jusqu'à quatre heures... la nuit, je vais en tournée... Adieu donc...

LE GLORIEUX passe plusieurs fois la main sur son front.

Écoute, écoute, Jean Roc... je me sens mal... Il y a là... dans ma tête, quelque chose qui remue et qui enflamme ma cervelle... Oh! ma folie va me reprendre!..

(Il déchire une feuille de ses tablettes.)

Tiens, donne ceci au sire Robert qui va venir... Je lui écris que tu me remplaces pour l'affaire que nous venons de dire... La fièvre!.. la fièvre!.... Il sera content que tu me remplaces puisque tu as été son homme-lige autrefois (9).... Où est la cour?... où sont les seigneurs?... Les seigneurs!... les seigneurs!... il faut que je leur enfonce cette marotte dans le cœur!... oui, tout entière dans le cœur, depuis le manche jusqu'aux grelots... et les grelots ne pourront plus sonner lorsqu'ils seront pleins de sang!.. Ah, ah, ah, ah!.. Vois-tu, Jean

6

Roc?... là-bas, là-bas, la soutane d'un cardinal... toute rouge... toute rouge, toute rouge!... Elle traîne!.. elle traîne... sur les dalles de la chapelle... Courons tous marcher sur la queue du diable!... Ah, ah, ah!..........

(On l'entend rire dans le lointain.)

JEAN ROC.

Pour le coup, voilà un fou de véritable espèce !... (*Il va à la grande ogive du fond.*) Mais c'est qu'il court à se rompre le crâne contre les murailles.... Ah! par Notre-Dame! il vient de sauter le grand fossé du château... Il monte sur la tête de la sentinelle.... Oh hé!.. oh hé!.. ne le tue pas!... ne le tue pas !...c'est le fou!... c'est le fou!... Allons, le voilà qui court la campagne.....Mais, qui monte si vite au grand escalier?.. c'est le sire Robert!.. J'ai son secret... un secret de grand seigneur! cela est terrible à garder... cela brûle... et cela fait souvent tomber la tête qui le porte... Holà!... mon bonhomme Jean, tenez-vous bien!....

SCÈNE IV.

Le sire ROBERT. JEAN ROC, assis à une table et cachant
sa tête dans sa main.

LE SIRE RB ERT arrive tout exalté et croit parler à le Glorieux.

Enfin !... ils ont franchi le pont-levis du château et me voilà libre... Ah ! mon ami, c'est
maintenant que j'ai besoin de ton assistance...
car je suis trop malheureux et il faut en finir.
Il y a cinq ans que tout cela dure... il y a
cinq ans que j'aime Blanche..... Depuis cinq
ans, si tu savais que de rêves et d'angoisses
ont passé par ma tête et par mon cœur ! Que
de journées sans travaux et sans gloire, que
de nuits sans sommeil !..... Et Blanche le savait !... Oh ! une femme voit bien celui qui
souffre et qui se cache, celui qui se sauve de

la lumière et du bruit, emportant avec lui sa
fatale pensée d'amour pour pleurer dans la
solitude et dans l'ombre..... celui qui après
avoir pleuré ne vient pas lui dire j'ai pleuré,
et au contraire se cache derrière les autres
pour qu'elle ne le voie pas... Eh bien, c'est celui-là qu'une femme voit tout de suite... Car,
moi aussi j'ai pleuré... mais maintenant voici
que je n'ai plus de larmes... Mon amour, c'est
une fièvre, une folie, un délire... Je suis plus
malheureux que toi, mon pauvre fou, car je
suis fou d'amour, moi, et dans mes veines il
y a une lave qui coule, qui embrase, qui dé-
vore... Tiens, cette nuit, cette nuit même,
j'étais caché dans le petit retrait obscur que
tu as pratiqué contre l'appartement de Blanche... Blanche était là... séparée de moi seulement par le rideau d'une ogive... Elle était là
avec son mari, avec ce Jacques Wilde, cet
insolent bourgeois de Liége, que pour ma
damnation le duc de Bourgogne a attaché à
sa fortune... Je ne les voyais pas, mais je les
entendais !..... Puisque je te dis que je les entendais et que mes mains se cramponnaient

aux saillies de l'ogive, et que je mordais mes
mains, et que j'étais heureux de sentir mon
sang couler... parce que cela était froid, parce
que cela était mon sang, parce que mon sang
coulait à cause d'elle!... Oh! celui qui rira de
moi et qui dira : c'était une bête furieuse.....
celui-là n'aura pas compris l'homme, ni con
nu l'amour..... Mais non, non! qu'il ne dise
point que tout cela n'est pas vrai.... Tout ce
qu'il peut dire c'est : je ne comprends pas!...
Et puis, que n'ai-je pas fait pour étouffer cette
passion? J'ai fouillé dans la science, je n'y ai
rien trouvé..... J'ai dit à la raison de venir.....
mais le sang étouffait la raison, et la raison
n'est pas venue... Pendant des nuits entières,
à deux genoux sur le marbre des monastères,
j'ai demandé à ce marbre qu'il me fît monter
un peu de froid au cœur... le froid ne m'est
pas monté au cœur.... Enfin, j'ai jeté un cri
de désespoir... J'ai appelé Dieu au secours....
Tous les échos de la maison de Dieu l'ont entendu... et Dieu ne m'a pas répondu!... Maintenant qu'il vienne, celui-là qui est un homme
et qui peut dire : Tu n'en as pas fait assez,
moi j'aurais résisté plus long-temps!...

JEAN ROC.

Cet homme ne peut venir, car il n'existe pas.

LE SIRE ROBERT.

Qu'entends-je, ce n'est pas le fou?... Malheureux, as-tu bien pu me laisser dire jusqu'au bout un secret dont le dernier mot devait voir ta mort ou la mienne?... Pensais-tu donc que ce secret et toi vous pouviez vivre ensemble... tant que je vivrais, moi?...

JEAN ROC.

Je suis Jean Roc, votre ancien serviteur, celui qui vous a suivi jusqu'à la tour d'Usson... Monseigneur, je savais votre secret... Ces tablettes vous le prouveront..... Lisez..... Mais après cela faites-moi la grâce de réfléchir qu'il vous vaut mieux utiliser un homme que de le tuer... surtout quand cet homme a l'oreille et la main sûres!...

LE SIRE ROBERT.

Va... je te reconnais bien maintenant, Jean

Roc. C'est mon mauvais génie qui t'envoie...
Donne, donne... L'écriture du fou!.... (*Il lit.*)
« Ma tête s'égare, un accès de folie va me re-
» prendre; mais il ne sera pas dit que j'aurai
» manqué à ma promesse....... Jean Roc sait
» tout..... C'est un autre moi-même; faites ce
» qu'il vous dira, et Blanche sera à vous et...
(*Cherchant à lire.*) Voici un mot que je ne
puis pas lire. « Blanche sera à vous et à moi!...»
A moi? cela n'est pas possible... J'ai mal lu...
Ecoute, Jean Roc... mon affaire est désespérée... donc je te choisis... Qu'ordonnes-tu ?

JEAN ROC.

Voilà parler..., et vous me poussez d'un
seul coup dans mon génie!... (*Il écrit.*) J'ordonne que vous mettiez votre signature au
bas de ce parchemin...

LE SIRE ROBERT.

Quoi! l'ordre d'arrêter Jacques de Wilde
comme traître?...Ah! c'est un traître, n'est ce
pas ? Répète-moi que c'est un traître!..

JEAN ROC.

Il l'est, l'a été ou le sera... ; car il faut qu'il
le soit... Et dès ce moment je le déclare conspirateur au premier chef, au nom de Louis XI,
au nom des Suisses, des Anglais, des Bretons,
des Lorrains, au nom des Bruxellois, des
Gantois, des Liégeois, au nom du pape, au
nom de Jean Roc s'il le faut; conspirateur
contre la vie du duc de Bourgogne... de ce
seigneur si doux, si gracieux, si débonnaire
qu'il ne voudrait seulement pas faire le signe
de la croix contre son prochain...

LE SIRE ROBERT.

Respect à ton seigneur, manant!

JEAN ROC.

Respect à ton manant, seigneur! Quoi! en
reconnaissance du service que je vais vous
rendre au péril de ma vie, ne puis-je avoir
une minute de franc parler? Ne puis-je vous
dire le talent de monseigneur de Bourgogne

pour résoudre une affaire difficile?... Quand
le doigt d'un homme le gêne, eh bien, il fait
couper la tête à cet homme!... Voilà tout ce
que je voulais dire...

LE SIRE ROBERT.

Et si c'était cela que je ne voulais pas entendre! Jean Roc, oses-tu bien parler en ce
moment de la justice du duc de Bourgogne?

JEAN ROC.

Signez, signez, signez.

LE SIRE ROBERT.

Oui, je signe... Mais tu riais tout à l'heure...
Dis-moi que tu riais... Dis-moi que c'est un
traître... que tu auras les preuves... Jure que
tu me rapporteras les preuves...

JEAN ROC, solennellement.

Je jure sur l'honneur de ma maison.

LE SIRE ROBERT.

Jure sur autre chose...

JEAN ROC.

Je jure sur Notre-Dame-du-Puy, sur ma damoiselle sainte Madelaine, qui était une gaillarde dans son temps....., Je jure sur tous les
quasi-saints qui tiennent garnison au pur-
gatoire, que je vous rapporterai des preuves.
(*Bas.*) Dussé-je les fabriquer moi-même!...
(*Haut.*) Dans un instant Jacques de Wilde
sera dans la prison du château, et dans une
heure Blanche de Saint-Simon... sera libre!

SCÈNE V.

LE SIRE ROBERT, seul.

Elle sera libre!... Voilà un mot affreux, j'en atteste le ciel... Et pourtant comme ce mot me fait du bien... Elle sera libre!... Déjà je ne vois plus le crime..... il se cache derrière ce mot: elle sera libre!... Oh, le crime! le crime, cela va plus vite dans la tête d'un homme que cette pierre qui, à peine lancée sur la glace d'un étang, paraît déjà à l'autre bord..... A peine le crime paraît-il au bord de la conscience, que déjà il est passé de l'autre côté!.. O mon Dieu! de quelle nature m'avez-vous donc fait? Quelles épreuves vous m'envoyez tout d'un coup, et quelle faiblesse vous me

donnez contre ces épreuves!.. Etes-vous bien
sûr que cela soit juste, ô mon Dieu?... Ce Jacques de Wilde!... je suis sûr qu'il conspire,
en effet, et si l'on pouvait avoir les preuves!...
Depuis dix ans Jacques de Wilde est le génie
des conspirations de Gand, de Bruges, de
Liége; et lui, qui est le père, ne conspirerait
point?... Elle sera libre!... C'est-à-dire à moi...
c'est-à-dire dans mes bras... sur ma bouche...
sur mon cœur... Eh bien! oui, qu'il meure;
et qu'après cela il me vienne une heure d'a-
mour et de délire, et contre cette heure je
veux jouer mon éternité!...

Mais non... non, mon Dieu, vous ne voudrez pas punir mon âme, pendant l'éternité,
du crime de ma tête et de mon sang!... Non...
Blanche sera mon ange... C'est vous, mon Dieu,
qui me la donnerez, et elle m'apprendra comment on prie avec le cœur, par quelle voie on
rentre dans le repentir et dans la grâce... Et
plus tard, mais bien plus tard, ô mon Dieu! je
me cacherai avec mon crime derrière sa robe
d'innocence..... Et peut-être ferez-vous sem-
blant de ne pas me voir entrer au ciel... Et

une fois arrivé à vos pieds, vous ne voudrez
plus m'en chasser, n'est-il pas vrai, ô mon
Dieu?. . . . .
Ou bien faites donc que j'oublie cet amour assez à temps pour que je puisse sauver Jacques
de Wilde..... Oui... oui... voilà une bonne pensée... Saisissons-la bien vite... Attachons-nous
à elle... ne la quittons plus... C'est cela, c'est
cela ; je veux l'oublier... oh ! je veux l'oublier...
C'est elle!... Oh ! cette fois, mon Dieu, vous
voyez bien que c'est vous qui me l'envoyez...

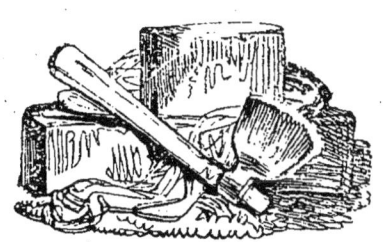

SCÈNE VI.

Le sire ROBERT. BLANCHE.

BLANCHE.

Quelque chose d'extraordinaire se passe ici, monseigneur... Je traversais la grande cour du château; cet ancien chef de Routiers, cet homme terrible, Jean Roc enfin, est venu se placer en face de moi et m'a dit: Allez trouver le sire Robert, il a quelque chose d'heureux à vous apprendre. Mais en disant cela il avait sur sa bouche un sourire affreux....... O monseigneur! pitié pour moi, car je sens bien que quelque chose d'extraordinaire se passe ici.

LE SIRE ROBERT.

Blanche de Saint-Simon! depuis cinq ans il y a en moi des pleurs, des sanglots, du désespoir; et depuis cinq ans que je demeure sous le même toit que le vôtre, m'avez-vous jamais dit : J'ai pitié pour vous, sire Robert, car je sens bien que quelque chose d'extraordinaire se passe en vous!..... Restez, Blanche; ce que j'ai à vous dire, il faut que vous l'entendiez tout de suite. Savez-vous qu'il y a cinq années que j'attends la minute où je vous parle?... Ne regardez pas ainsi du côté de votre demeure, Blanche; il n'arrivera rien à quelque personne que vous aimiez, que vous ne puissiez dire : C'est moi qui l'ai voulu.... Et puis, je suis calme... Vous voyez bien que je suis calme..... Ecoutez-moi, Blanche de Saint-Simon, écoutez-moi!... (*Il la prend par le bras, la fait asseoir, et se tient ensuite debout devant elle, la tête penchée sur la poitrine et les bras croisés.*)..... Ne vous arrive-t-il jamais de vous retirer dans l'ombre et dans le silence, pour être seule et pour rêver?.....

BLANCHE, tremblant sous sa robe et d'une voix faible.

Oui, oui, monseigneur, souvent je veux être seule, et alors... je rêve... (*Bien bas.*) et je pleure !...

LE SIRE ROBERT.

Eh bien, lorsque le tumulte de la cour a cessé, lorsqu'il n'y a plus de lumière à éblouir vos yeux, lorsque la voix poétique et menteuse des courtisans a cessé de bruire à vos oreilles, n'éprouvez-vous pas le besoin de fuir le présent pour vous ressouvenir un peu dans le passé?

BLANCHE.

Oui... oh! oui, dans le passé !...

LE SIRE ROBERT.

Et s'il vous arrive de tourner la tête en arrière et de remonter la route que vous avez parcourue, vos yeux ne rencontrent-ils pas sur cette route une place où vous n'étiez pas seule, Blanche, où vous étiez deux,... et où

vous avez abandonné l'autre, pour marcher
plus vite peut-être, et pour arriver où vous
êtes maintenant,... à la cour!... (*Avec énergie.*)
Enfin, Blanche de Saint-Simon, au milieu de
votre bonheur et de vos joies d'aujourd'hui,
ne vous arrive-t-il jamais de regarder autour
de vous si personne ne vous écoute, et alors
de mettre votre tête dans vos deux mains et
de dire tout bas : Oh! je me souviens de
l'autre?...

BLANCHE met sa tête dans ses deux mains et dit tout bas.

Oh! oui, je me souviens!...

LE SIRE ROBERT.

Donc, vous n'avez pas oublié le tournoi de
l'arbre Charlemagne (A). Il y a de cela cinq ans,
et vous en aviez quinze... Depuis long-temps
les hérauts et les rois d'armes avaient an-
noncé à son de trompe ce fameux tournoi
dans tous les pays de la chrétienté... Milano-
Milani quitta sa belle Venise, Valperga sa
belle Andalousie, Galéotto son ciel pur de
Naples, pour venir, sous notre ciel gris, cher-

cher la renommée des armes... Un seul chevalier,... un seul, n'est-ce pas, Blanche? sem-
blait ne pas entendre cette rumeur de gloire
et d'amour qui bourdonnait à travers l'atmo-
sphère de son pays natal; et tandis que la
foule se pressait, bruyante et tumultueuse,
pour entendre proclamer le nom de la plus
belle damoiselle de Bourgogne qui devait être
la reine du tournoi et couronner le vainqueur,
ce chevalier se tenait seul, debout et sombre,
sur la place publique, et regardait tristement
une fenêtre où il n'y avait ni devises, ni tro-
phées, ni couronne, mais où il y avait une tête
de femme! Mais tout à coup on proclame la
reine du tournoi, et la tête de femme se retire
rouge de pudeur et de plaisir;... car c'est son
nom qu'elle vient d'entendre, et ce nom c'est
Blanche de Saint-Simon!... A ce nom le chevalier solitaire se réveille tout à coup; il court
aussi jeter son gant sous l'arbre Charlemagne,
car maintenant il veut combattre Galéotto,
Milani, Valperga, tous les hommes d'armes
ensemble, et ce chevalier c'est...

BLANCHE.

C'est... c'est vous,... c'est vous, sire Robert!

LE SIRE ROBERT.

Il est donc bien vrai que vous vous souvenez, Blanche?

BLANCHE.

Je me souviens assez pour savoir que je ne
devrais plus m'en souvenir!

LE SIRE ROBERT.

Avant d'entrer dans la lice, je me glissai
secrètement sous votre échafaud, et je vous
dis : « Voici vos couleurs, Blanche; tout à
» l'heure j'aurai mérité cette couronne et vo-
» tre amour, ou bien... je serai mort! »

BLANCHE.

Oui,... mais le ciel m'est témoin que je ne
vous ai rien dit!

LE SIRE ROBERT.

Non, vous ne m'avez rien dit; mais des larmes brillèrent dans vos yeux; mais vos yeux
me regardèrent à travers vos larmes et me
suivirent dans la foule; et, vous savez bien?
lorsque Galéotto donna ce terrible coup d'é-
pée dans mon armure, et que mon sang rou-
git l'arène, un grand cri se fit entendre,... et
tous les regards se tournèrent vers vous....
Et la foule ne savait pas pour qui était ce cri...
Je le savais, moi, et je fus vainqueur; et lorsque je montai jusqu'à vos pieds pour recevoir
ma couronne, vous étiez pâle; et lorsque je
vous regardai dans les yeux, vos yeux regardèrent dans les miens; et lorsque votre main
posa la couronne sur ma tête, je sentis votre
main trembler dans mes cheveux.... Oh! je
sais bien que vous ne m'avez rien dit!...

BLANCHE.

Robert! Robert! pourquoi ce souvenir?
Hélas! c'est que vous savez bien que je ne
mentirai pas à Dieu. Oui, je vous aimais; et

je fus bien malheureuse, allez, quand le duc
de Bourgogne me maria, pauvre orpheline,
à un homme que je n'avais jamais vu.... Mais
j'estime Jacques de Wilde, entendez-vous bien
cela? Jacques de Wilde est un honnête homme... Oh! je ne veux pas raisonner ainsi avec
la raison de ma tête, je finirais par trouver
que l'ingratitude est la chose la plus com-
mode du monde!... Jacques de Wilde, je ne
serai pas une ingrate. Vous avez tout fait pour
me rendre heureuse! et vous m'auriez rendue
bien heureuse, hélas! si vous aviez pu m'ôter
la mémoire... O mon Dieu! mon Dieu, n'allez
pas m'abandonner, au moins!

LE SIRE ROBERT, à lui-même.

Le moment est venu,... rassemblons toutes
nos forces.... (*Haut et très-vite.*) Et si ce Jacques de Wilde n'est pas un honnête homme,
s'il veut la mort de son bienfaiteur, si c'est
un ingrat, si c'est un traître, s'il est en prison, s'il va mourir?.... Ah! je lui ai dit tout
d'un coup!...

BLANCHE.

Mourir,.... lui! lui!.... Eh bien, je mourrai
après lui, pour aller lui dire là-haut que ce
n'est pas moi qui l'ai tué!...

LE SIRE ROBERT.

Blanche de Saint-Simon, c'est Jacques de
Wilde qui l'a voulu... Il est d'une famille qui
depuis un siècle remue toutes les villes de
Flandre... Je ne réponds plus de sa vie...

BLANCHE, à deux genoux.

O mon Dieu! je t'en prie, fais que tout cela
ne soit pas vrai,... et que je meure!

LE SIRE ROBERT la prend par le bras avec colère.

Mais vous l'aimez donc bien cet homme?..

BLANCHE se relève avec une grande énergie.

Je vous ai dit que cet homme c'était mon
ami, mon père... Ah! vous pensiez donc que
cela n'était rien que l'amitié et la reconnais-

sance?.... Tenez, voilà que je ne comprends plus votre amour...... Jacques de Wilde est malheureux, Blanche de Saint-Simon ne saurait être heureuse!... Tout à l'heure je vous comprenais et je me souvenais, Robert; maintenant... je vous dis adieu, monseigneur!....

SCÈNE VII.

Le sire ROBERT. Puis JEAN ROC.

LE SIRE ROBERT,

Malédiction!... Tout à l'heure je veux l'oublier, et Dieu me l'envoie... Maintenant qu'elle se souvient, maintenant qu'elle m'aime, c'est à un autre qu'elle court!... elle court se jeter dans ses bras,... pleurer sur son visage... Enfer et damnation! ils confondront leurs larmes et leurs baisers!.... Hâtons - nous,... hâtons-nous! tout à l'heure je ne le voudrais plus, et je dirais que c'est infâme, peut-être. (*Jean Roc paraît sur le seuil comme s'il répondait à l'appel d'une mauvaise pensée.*) Jean Roc!.... Hein, comme tout sert un homme dans sa

passion! Le crime est résolu, vite voilà l'instrument qui arrive!... Eh bien!... oui, oui,
le crime, et après le bonheur,... et après la
mort!.... Cours, Jean Roc;... car il faut courir,... car il faut qu'elle ne voie plus Jacques
de Wilde,... et il faut que tu arrives avant
elle.... Si elle le voyait emprisonné, pleurant,
enchaîné, elle voudrait mourir avec lui;...
aujourd'hui ce serait un martyr, et demain
une sainte; et ce n'est pas une sainte qu'il me
faut à moi, c'est une femme!

JEAN-ROC, froidement.

Et une femme libre :... donc je vais le.....

LE SIRE ROBERT.

Ne prononce pas ce mot-là;... c'est assez,...
je comprends;... fais la chose.... Va,... va; ne
me laisse pas le temps de me repentir surtout!...

JEAN ROC, en sortant de la grand' salle, se retourne vers le sire
Robert.

Ah, ah, ah, ah! Je ris de voir comme il

faut long-temps presser un amoureux pour
en faire sortir un homme!...

LE SIRE ROBERT, seul.

Il est parti!... ah! je respire..... Maintenant
je n'y puis plus rien,... le crime est achevé!

Le vent apporte tout à coup le bruit des bombardes et des couleu-
vrines de rempart, le son confus des cloches de Péronne, auquel
se mêle une sourde et lointaine rumeur populaire.......

Qu'entends-je? qu'est-ce que tout cela?....
Le canon du rempart!... les cloches!... les cris
du peuple!... Où donc est ma raison?... est-ce
à moi que l'on en veut?... Ah! je l'avais oublié : c'est le roi qui arrive.... Tant mieux,...
tant mieux,... c'est du bruit qu'il me faut
pour m'étourdir.... Dans le silence on entend
trop bien ce que la conscience vous dit!...
L'air est trop pur ici;... l'air de la cour ira
mieux à mon crime..... Du bruit,... du tumulte,... de la lumière,... des voix,... des femmes,... des courtisans,... des moines, des cardinaux,..... et le duc de Bourgogne!..... et
Louis XI!... Eh! au milieu de tout cela, comment pourrais-je avoir des remords?....

(Un grand cri part de la cour du château.)

Un cri de femme!.... oh, c'est Blanche,....
c'est Blanche.... (*Il court à l'ogive.*) Jean Roc
l'empêche de passer... Que lui dit-il donc?...
Ecoutons : rien,... rien;... je n'entends rien...
Elle revient;.... il court, lui.... Ah! elle ne le
reverra plus!.... Malheureux, qu'ai-je fait?....

(Il cache sa tête dans ses deux mains, et après un silence.)

Eh! que m'importe, après tout, la vie d'un
Jacques de Wilde!... Qui m'a enlevé Blanche
de Saint-Simon? Jacques de Wilde... Qui m'a
fait une agonie de cinq ans? Jacques de Wilde,
Jacques de Wilde!..... Et lorsqu'au pied de
l'autel il tenait la main de Blanche dans la
sienne et qu'il la sentait trembler,... lorsqu'il
était là, à deux genoux, sous le regard de
Dieu, sa conscience ne lui a-t-elle pas crié
qu'il y avait quelque part un pauvre jeune
homme à qui on prenait plus que la vie? . . . .
. , ... Et pourquoi s'est-il
rencontré sur ma route?... Sur cette route
étroite resserrée entre deux abîmes, nous

étions arrivés face à face, et il fallait que l'un des deux passât sur l'autre : eh bien, c'est moi qui ai passé sur l'autre, voilà tout..... Blanche, déjà!...

SCÈNE VIII.

Le sire ROBERT. BLANCHE.

BLANCHE.

Monseigneur!... monseigneur!... cette fois c'est à deux genoux que je vais vous parler... Non, non, laissez-moi, je ne me relèverai pas..... Un homme va mourir, monseigneur, et cet homme c'est mon mari;... et il me faut la grâce de mon mari. Si j'avais de l'amour pour lui, je ne vous demanderais pas sa grâce;... si je l'aimais, je lui dirais : Mourons ensemble!.... Eh bien, c'est sa grâce que je vous demande; vous voyez bien que je ne l'aime pas, puisque je vous demande sa grâce.

Je mourrais plutôt à vos pieds, entendez-
vous?... Vous ne savez pas ce qu'il y a entre
cet homme et moi!.... Ecoutez. Au pied de
l'autel et pendant la bénédiction du prêtre,
ma tête s'est penchée vers la sienne, et j'ai
osé lui dire tout bas : « Jacques de Wilde, je
» ne vous aime pas! » Hier,.... ah! c'était hier,
je lui ai dit : « Jacques de Wilde, je ne vous
» aime pas, car je me souviens encore! » Robert! Robert! je lui ai dit hier que celui que
j'aimais c'était.... c'était toi..... Eh bien, me
comprendras-tu maintenant,... et oserais-tu
bien tuer cet homme?...

LE SIRE ROBERT.

Non,... non,... il ne mourra pas.... Mais
moi,... moi,... il faut que je vive aussi, et je
mourrais si tu n'étais pas à moi,.... car j'ai
pleuré toutes mes larmes; et je ne peux plus
recommencer mon délire de cinq ans, puisque je te dis que j'en mourrais!..... Blanche,
sois à moi,... et je vivrai,... et l'autre vivra!

BLANCHE.

La grâce! la grâce! Robert, sois généreux, donne-moi la grâce... Tu ne voudrais pas me proposer un infâme marché, n'est-ce pas?-.. Et si j'allais ne plus t'aimer après cela?... Sais-tu bien que ce serait jouer l'amante contre la femme?

LE SIRE ROBERT.

Blanche, ta bouche contre la mienne! un seul baiser,... car alors tu seras à moi,... entends-tu? Un seul, et je signe la grâce!...

BLANCHE, avec désespoir.

Eh bien! puisque tu veux un marché et que c'est la femme qu'il te faut,... tiens, la voilà... Prends donc!...

Robert l'embrasse avec délire; elle court se mettre à deux genoux.

O mon Dieu! voilà un baiser qui sauve la vie d'un homme,... et un crime auquel je ne survivrai pas!... (*Elle voit la grâce signée.*)

Donnez,.... donnez...... Ah! je la tiens donc
enfin!

*En courant, elle heurte Jean-Roc, qui entre, et s'écrie avec horreur
comme pour un reptile.*

Ah!....

JEAN ROC, *pâle et défait comme après une lutte.*

Monseigneur, où court-elle donc ainsi?...

LE SIRE ROBERT.

A la prison. Elle a la grâce, j'ai donné la
grâce... Tout est fini, plus de sang!... Elle va
trouver....

JEAN ROC.

Un cadavre!

LE SIRE ROBERT.

Déjà! misérable, tu l'as donc étranglé avec
tes mains?

JEAN ROC.

Non, maître; il s'est débattu, et il a fallu
deux coups de poignard...

LE SIRE ROBERT.

Va-t'en.... va-t'en... Je te dis que tu me fais horreur!

JEAN ROC.

Sire Robert, criez moins haut, car nous sommes deux ici, et tout ce que vous me direz, il y a un écho qui vous le dira!.... Sire Robert, vous avez ordonné, moi j'ai obéi.... Vous avez montré du doigt un meurtre, moi j'ai été à ce meurtre.... Vous avez dit avec haine et colère : « Il faut que cet homme » meure! » et moi, sans haine, sans colère, j'ai fait mourir cet homme... Vous êtes le bourreau, moi je suis l'épée; et si j'ai du sang aux mains, venez, venez, monseigneur, je veux l'essuyer à votre robe!

LE SIRE ROBERT.

Ah!...

(Son du cor de la tourelle du château.)

Ciel! le duc de Bourgogne!... Oh! c'est que

me voilà perdu à présent!... Je suis bien pâle,
n'est-ce pas?..... Les voilà, les voilà; ils pas-
sent le pont-levis... Jean Roc, ne va pas m'a-
bandonner au moins! J'ai été ton maître,
autrefois je t'ai fait du bien;... dis, tu ne l'as
pas oublié? Ainsi cours,... car Blanche va
trouver un cadavre; tu le sais bien, c'est toi
qui... me l'as dit... Il ne faut pas qu'elle rentre
ici, qu'elle raconte tout devant le duc.....
Cours, il y va de ma vie;... il y va de ta vie,
Jean Roc.... Oh! je suis sûr que je suis bien
pâle!

*Il passe plusieurs fois les mains sur sa figure, comme pour essuyer sa
pâleur.*

JEAN ROC.

J'obéis; mais n'oubliez pas, sire Robert,
que vous êtes mon complice, et qu'il faut un
compagnon à Jean Roc pour mourir....

LE SIRE ROBERT, seul.

Son complice! Oh! cela n'est pas vrai; ce
crime me fait horreur, j'en atteste le ciel!....

C'est égal, il y a du sang à ma robe.... Jean
Roc a dit vrai; et maintenant je ferai tout
pour vivre, car ce n'est pas avec ce sang que
je puis paraître devant Dieu!......

SCÈNE IX.

Le duc de BOURGOGNE. Le sire ROBERT. JEAN KELLER.
Puis JEAN ROC et LE GLORIEUX. Tous les seigneurs.
hommes d'armes. Francs archers. Chambellans. Pages. Un
cavalier.

LE DUC.

Eh bien, beaux cousins et seigneurs, vous
l'avez tous vu le grand roi Louis onzième!...
Par saint Georges! il est bien changé depuis
la guerre du bien public!... Déjà à l'entrevue
du pont de Charenton j'avais peine à (10) reconnaître le rebelle dauphin de la Praguerie,
dans ce pauvre roi qui m'arrivait par la Seine
dans un pauvre petit batelet... Et aujourd'hui
je me demande encore si c'est bien là le roi
que j'ai vu au pont de Charenton.

LA RIVIÈRE.

Il doit être bien changé, en effet, si chaque
crime lui a mis une ride de plus au visage!...

LE MARÉCHAL.

Et dire que ce petit homme tout gris, qui
chevauchait sur ce méchant destrier, tient en
haleine toute la vaillante armée de Bourgogne!
Si j'étais à la place de monseigneur le duc,
j'ordonnerais qu'on me servît à table, ce soir
même, le roi de France tout cuit dans un
pâté.

LA RIVIÈRE.

Subtil comme un routier, râpé comme un
pélerin, dévot comme une nonne, paillard
comme un moine, méchant comme Tristan,
et rusé comme lui-même, voilà Louis XI!...

COMINES.

Vous oubliez que vous parlez d'un roi de
France!

LA RIVIÈRE.

Au contraire. Vous oubliez, vous, que je
parle de Louis onzième.

COMINES.

Il faut du génie pour reconnaître un grand
homme, il faut des siècles pour le juger!

LA RIVIÈRE.

Combien faut-il au patient pour reconnaître le bourreau?

LE DUC.

Jean Keller, voilà deux seigneurs qui ont
une opinion différente sur le même homme...
Lequel des deux faut-il croire?

JEAN KELLER.

Ni l'un ni l'autre. L'un a parlé de son ennemi, l'autre a parlé de son ami... Tous deux
ont oublié de parler de l'homme!...

LE DUC.

Bien dit, n'est-ce pas, sire Robert?... Holà, monsieur le gouverneur, comme vous êtes pâle... qu'avez-vous donc fait?

LE SIRE ROBERT.

Suis-je pâle, monseigneur?... c'est qu'il fait froid en effet..... Je viens des remparts..... et cette neige.....

LE DUC.

Voilà qui est singulier, sire Robert; il n'y a plus de neige aujourd'hui sur le rempart, ni dans la plaine; car il nous vient du midi un vent pur et chaud capable de ramollir la conscience la plus dure... Nous attendrons, sire Robert, peut-être nous direz-vous tout à l'heure ce que vous avez fait...

LE GLORIEUX, paraissant tout à coup comme un spectre à la gauche de sire Robert.

Veux-tu que je lui dise, moi, ce que tu as fait?

LE SIRE ROBERT.

Grand Dieu !... sa folie dure-t-elle encore?...
Tais-toi, tais-toi!...

LE GLORIEUX.

Que veux-tu me donner pour que je me
taise?...

LE SIRE ROBERT.

Ta vie et la mienne... car si tu dis un mot,
nous sommes morts!...

LE GLORIEUX.

Il me faut autre chose...

LE SIRE ROBERT.

Quoi?

LE GLORIEUX.

Un fou! cela aime, sire Robert; le fou veut
Blanche de Saint-Simon!

LE SIRE ROBERT.

Au nom du ciel, malheureux, tais-toi! Cha-

cune de tes paroles nous fait monter un degré de l'échafaud!

LE GLORIEUX.

Un fou! cela aime, sire Robert; le fou veut
Blanche de Saint-Simon!...

LE SIRE ROBERT.

Misérable, j'ai beau regarder à tes mains,
je n'y vois qu'une marotte... Si j'y voyais une
épée!...

LE GLORIEUX.

Tu l'y verras bientôt, sire Robert; et, si je
te tue, j'aurai Blanche de Saint-Simon...

LE SIRE ROBERT.

C'est dit... mais je te tuerai!...

JEAN ROC, paraissant de l'autre côté où est Robert.

Et moi, Robert, faudra-t-il que l'on me
tue?

LE SIRE ROBERT.

Ah! me voilà entre mes deux complices!... Toi, que veux-tu?

JEAN ROC.

De l'or... Beaucoup! beaucoup! et je pars...

LE SIRE ROBERT.

En voilà... et si tu veux vivre, ne reviens plus!...

JEAN ROC partant.

Je veux vivre.

LE DUC.

Et qui donc se confesse par-là?.. Ils soupirent... ils parlent bas... mais je ne vois pas le prêtre!...

LE GLORIEUX court au duc en faisant tourbillonner sa marotte.

Ah, ah, ah, ah, ah! Quelle journée, monseigneur, quelle réception royale!..... J'ai le bruit de la foule dans les oreilles, la figure du

roi dans les yeux, et une douzaine de coups
de hallebarde dans les reins !....

LE MARÉCHAL.

A propos, monsieur Le Glorieux, de quel
sabbat revenais-tu donc tout à l'heure lorsque
tu as rejoint le cortége, les cheveux en désordre, la tête renversée, la bouche ouverte,
comme un vrai fou en plein vent ?

LE GLORIEUX.

Prenez garde, Lohéac, l'on voit encore d'ici
la fumée des bûchers d'Arras, et si vous parlez de sabbat, on pourra bien vous faire rôtir sur braise comme un Vaudois (11), tout
maréchal de Bourgogne que vous êtes !.....

LE MARÉCHAL.

On ne peut parler à ce bouffon sans se bles-
ser la langue.

LA RIVIÈRE.

On dit qu'un fou reprend quelquefois sa
raison devant un fou plus célèbre....

LE DUC.

De qui veut parler le sire de La Rivière?

LE GLORIEUX.

Et de qui voulez-vous qu'il parle si ce n'est du grand fou à couronne?..... Vous ne l'avez donc pas vu lorsqu'il passait sous la vieille et sombre porte de Péronne qui ressemblait à l'entrée d'un cercueil royal? Un jeune page et sa maîtresse avancèrent si étourdiment la tête par le créneau de la tourelle, qu'une grande pierre couverte de mousse se détacha et tomba si près du roi qu'elle emporta un lambeau de son vieux pourpoint..... Le roi resta un moment ébahi, comme s'il eût déjà entrevu la grande chaudière que Satan lui destine en enfer... Mais bientôt il descend de cheval, baise la pierre, fait le signe de la croix, marmotte une prière sur son petit saint de plomb, rebaise la pierre, refait le signe de la croix, remarmotte une prière et fait le vœu solennel de porter cette pierre en pélerinage au mont Saint-Michel!... Ah, ah, ah, ah! dites-

moi maintenant lequel des deux est le plus
fou de Louis onzième ou de Le Glorieux le
premier?

LE MARÉCHAL.

En effet, voilà une folie d'une autre espèce,
que celle de ce moine couronné! mais par la
mort-Dieu! je préfère la folie de ce bouffon;
car j'aime mieux vingt coups de marotte qu'un
coup de discipline!

LA RIVIÈRE.

Et moi, j'aime mieux être étranglé dans la
corde d'un bourreau que dans le chapelet
d'un prêtre!...

LE GLORIEUX.

Tenez, voilà monsieur le gouverneur de
Péronne qui aime mieux ne pas être étranglé
du tout... N'est-ce pas, sire Robert?...

LE SIRE ROBERT, bas.

Laissons remuer cette langue qui parle ses
dernières paroles!...

LE DUC.

Savez-vous, beaux cousins, que notre seigneur et maître le roi Louis s'est montré très-humble devant son vassal... Il est descendu de cheval le premier, le premier il a voulu nous donner le baiser de paix; il n'a pour toute escorte que quelques hommes d'armes et une cinquantaine d'Écossais.

LE GLORIEUX.

Et les cardinaux... et Tristan, et les filles de joie qui chevauchaient à la suite, leur aumônier en tête (12), comptez-vous tout cela pour rien?...

COMINES.

Monseigneur, voilà une preuve de confiance qui renverse à elle seule toutes les calomnies dressées contre Louis XI, et si ce n'était pas un roi loyal, il ne.....

Un cavalier couvert de poussière.

Liége! Liége!... Le roi est un traître!... la

révolte à Liége !... J'arrive de Liége... Je meurs
de fatigue !...

Il tombe dans un fauteuil.

LE DUC.

Vite, vite... du vin... des épices... secourez-
le... qu'il parle vite... Allons, bois cela, brave
homme, on te récompensera... Mais parle...
parle !... Par saint Georges ! tu veux me faire
mourir d'impatience ! puisque je te dis qu'on
te récompensera !...

LE GLORIEUX, à l'oreille du cavalier.

Parle... et crève !... et puis l'on te récompensera avec une belle messe à *rebecs* de deux
écus !...

LE DUC.

Arrière, fou ! Tu sais que je ne me fâcherai
qu'une fois !... Mais parleras-tu donc, messager du diable ?...

LE CAVALIER.

Depuis quelques jours l'orage commençait

à gronder dans Liége... bientôt l'évêque de
Bourbon et le sire de Himbercourt se sauvent
à Tongres... deux hommes se glissent dans
l'ombre... ils parlent au nom de Louis XI.....

LE DUC.

Enfer et damnation sur toi, traître de
France!...

LE CAVALIER.

Le populaire gonfle peu à peu... et déborde
par la brèche que vous avez faite vous-même
au rempart, monseigneur... Ils courent sur
Tongres... prennent l'évêque et Himbercourt,
que Jean de Wilde ne parvient à sauver qu'en
livrant six moines en échange... Quelques furieux mettent les six moines en pièces... et
jettent les morceaux à la tête des passans.....
Je passais... tenez, voilà de leur sang... oh!
je me suis bien gardé de l'essuyer, j'avais peur
de ne pas être cru, et j'ai voulu pouvoir vous
dire en arrivant : « Monseigneur, voilà du
sang de Liége!... »

LE GLORIEUX.

Eh! dis donc du sang de moine.

LE DUC, rongeant son gantelet de rage.

Du sang!..... du sang!..... Oh! c'est moi qui en verserai!

LE GLORIEUX arrêtant Jean Keller qui marche au duc.

N'approche pas, vieillard, un duc de Bourgogne, cela mord!

LE CAVALIER.

L'un de ceux qui excitaient la sédition s'appelle Olivier le Daim...

LE DUC.

Par là, char-dieu! ne lui ôte pas son nom, celui qu'il reprendra en enfer, c'est Olivier le Diable qu'il s'appelle! Ah! monsieur le roi, c'est votre barbier que vous envoyez pour souffler la sédition dans mes villes, au moment où vous me donnez le baiser de paix!

9

Par saint Georges! votre barbier a commencé trop vite, car je vous tiens dans ma bonne ville de Péronne... Entendez-vous bien, capitaine, que toutes les portes de la ville soient à l'instant fermées... Et ces manans de Liége! oh! je mourrai, ou je les mettrai au fouet et au bâton, je les perdrai, je les ruinerai, et il n'y a ni roi, ni empereur, ni soudan, ni personne pour qui je veuille tarder d'un jour... Holà, monsieur le traître de Paris, je vois de cette fenêtre le château auquel vous êtes venu vous prendre vous-même... Ouvrez votre fenêtre aussi, et vous pourrez voir cette grosse tour où Charles le Simple mourut dans la plus terrible des agonies... Pensez-vous que cette tour ne saurait plus loger un roi de France! Oh! si je vous y enferme une fois, vous n'y trouverez personne à corrompre, et cent mille écus d'or ne vous vaudraient pas alors un levier de fer... Allons, c'est à moi de commencer à présent... Comte du Lau, courez sur Liége, vous nous verrez bientôt sur vos pas... Qu'un héraut d'armes chevauche en avant l'épée d'une main et la torche de l'autre! Qu'un cavalier parte en même temps pour la Guyenne avertir monseigneur Charles; tout est possible aujourd'hui, et peut-être faudra-t-il pourvoir au trône de France..(13). O misérables manans de Liége, aurez-vous assez de sang pour éteindre votre ville?...

COMINES.

Monseigneur, maintenant que votre tête a parlé, c'est au tour de votre cœur qui n'a encore rien dit... Permettez que je dise un mot en faveur du roi qui...

LE DUC, avec fureur.

Est-ce qu'on oserait devant moi prendre la défense d'un traître?... Entre nous autres Portugais (14), c'est la coutume que lorsque nos amis se font les amis de nos ennemis, nous les envoyions aux cent mille démons de l'enfer!

LE GLORIEUX.

Comines, encore un mot pour Louis XI!...

9.

Jean Keller, n'est-ce pas que c'est une curieuse chose que la colère d'un duc?... Les dents claquent à couper la langue en deux, et le duc ne bouge pas!...

JEAN KELLER.

Mais la vengeance bouge et va vite et loin!... Tout à l'heure elle est partie pour Liége, bientôt tu la verras partir pour le vieux château de Péronne!...

LE DUC.

« Qui veut se garder d'avoir peur doit frapper le premier. » Voilà ma devise aujourd'hui... Un seul homme est cause de tout ce qui arrive, entendez-vous, mes braves chevaliers, une seule tête d'homme!... (*Après un silence, à demi voix.*) Pas un de ces valets qui comprennent ou qui osent... Ignorans ou lâches, les voilà tous!... (*Haut.*) Entrez tous au conseil.... (*Il reste en arrière et dit au sire Robert.*) Et toi, qui étais pâle tout à l'heure... es-tu sourd maintenant?... Une seule tête

d'homme, entendez-vous, monsieur le gouverneur de Péronne?...

LE SIRE ROBERT, seul.

Oh! je l'ai bien entendu... c'est la mort du
roi qu'il veut, et c'est à moi qu'il la demande,
car sans doute il sait déjà la mort de Jacques
de Wilde... Il faut que je sois pour lui ce que
Jean Roc a été pour moi... Il sera le bourreau
et moi l'épée... Oh, je me trompe, je serai le
poignard! Où es-tu, mon poignard?...

(Il le tire de sa ceinture, et le regarde en face.)

Tu vas me servir pour la première fois,
n'est-ce pas?... Mais contre qui? contre celui
qui a enfermé ton maître dix ans dans la tour
d'Usson... qui a ri d'un rire infernal sur dix
années de veilles et d'agonie... Ah! si tu es
un poignard, la postérité changera ton nom
lorsqu'elle saura que tu as tué Louis XI; elle
dira : C'était un glaive!

Grand Dieu! Blanche de Saint-Simon!.....
oh, je ne l'attendrai pas!...

BLANCHE DE SAINT-SIMON s'avance jusqu'au milieu de la salle,
toute couverte d'un voile noir, et lève la main sur le sire Robert
qui suit.

Malheureux! quel que soit le lieu de ton
refuge, une femme saura t'y atteindre... Cette
femme, c'est la veuve d'un martyr, et celui
qui la conduit, c'est Dieu !...

FRANCE.

« Ils mentent bien , mentez bien aussi. »

(Lettre de Louis XI a ses ambassadeurs de France.)

« Je ne veux pas que le Dauphin sache
» d'autres paroles, sinon : *Qui nescit dissi-*
» *mulare nescit regnare.* C'est tout ce qu'il
» faut de latin à un prince. »

(Louis XI.)

« Tout tient au caprice de deux ou trois
» bipèdes sans plumes qui se jouent de l'es-
» pèce humaine ! »

(P. L. Courier , *Lettres Inédites.*)

SCÈNE PREMIÈRE.

Une salle demi-ruinée du vieux château de Péronne...
une immense fenêtre (romane) du fond s'ouvre sur la
ville, confusément éclairée par un demi-clair de lune,
et laisse voir au premier plan la sombre et massive
tour d'Herbert..... Vieux meubles du temps... fauteuils
à lambeaux de crépines d'or et d'argent... Une énorme
lampe à trois becs est suspendue à la clef de la voûte,
et projette sur les vieilles tentures de cuir des lueurs
vacillantes et mystérieuses... une petite lampe de cuivre,
grossièrement ciselée, éclaire une table de travail sur-
chargée de rosaires, de saintes images enluminées, et de
reliquaires.... Un petit homme tout gris, agenouillé à
une madone portative arrangée en prie-dieu, se lève
tout à coup, et va à la rencontre d'un gros homme
tout rouge, qui se prosterne humblement après avoir
ôté son chapeau de cardinal.. ... Ces deux personnages
se promènent long-temps, et à l'allure du petit homme
gris que le cardinal ne peut suivre qu'avec peine, il est
facile de reconnaître le roi de France... Enfin, le cardinal essoufflé se pose et s'écrie...

LE CARDINAL DE BOURBON.

Veuillez vous arrêter, sire, ou bien je croi-

rai que vous fuyez mes argumens, et que
c'est moi qui ai raison... Eh! sire, une majesté n'a pas toujours raison... et la vôtre a
tort, sire; c'est trop risquer aussi que de venir
se mettre à la merci d'un Bourguignon plus
Breton que le duc de Bretagne, et plus Anglais
que le roi d'Angleterre!..... Sire, le duc [de
Bourgogne... c'est la trinité incarnée de vos
trois plus grands ennemis. Je sais bien que,
comme vous, il jure par Dieu et par Notre-
Dame, et qu'il n'y a qu'un saint de changé;
mais le saint qu'il invoque, sire, c'est saint
Georges d'Angleterre!...

LOUIS XI.

Prenez garde, cardinal, voilà que vous mettez la révolte dans le ciel, et que vous faites
de saint Georges un chef de parti!

LE CARDINAL,

Eh bien! jouez votre tête d'homme si tel
est votre bon plaisir; mais celle du roi, non
pas; car sur cette tête il y a une couronne,

et sur cette couronne la monarchie... Et il ne
faut pas que la monarchie tombe!...

LOUIS XI.

Pâques-Dieu! cardinal, nous tenons beaucoup aussi à notre tête d'homme!... Oh! que
je vous connais bien, messeigneurs les courtisans! Pourvu que la monarchie vive... et
que vous viviez de la monarchie, peu vous
importe le monarque, n'est-ce pas? « Le roi
est mort, vive le roi! » Voilà votre devise.....
Mais prenez garde, aveugles et insensés!
Un jour viendra peut-être où après ma mort
vous direz bien : vive le roi! mais où vous le
chercherez en vain... Peut-être, lorsque d'un
côté les seigneurs se partageront les dépouilles
de la monarchie, et que de l'autre la voix du
peuple commencera à gronder sur les seigneurs, peut-être viendrez-vous tous sous les
voûtes de Saint-Denis vous agenouiller à mon
tombeau... Peut-être leverez-vous vos lampes
sur ma face sépulcrale comme pour y interro-
ger un reste de vie et lui demander conseil et
courage..... Mais les yeux du cadavre ne s'ou-

vriront pas, ses lèvres ne remueront point, sa bouche restera muette, et alors vous vous mettrez à courir de tous les côtés, et vous heurterez vos fronts contre les colonnes et vous crierez : Le roi est mort! le roi est mort!

LE CARDINAL.

Mais, sire, puisque vos jours sont si précieux à la monarchie, pourquoi les exposer ainsi? Entre vos ennemis et votre personne il y a un mur ruiné.... Ils sont là de l'autre côté, ils veillent... ils s'assemblent... ils conspirent... et vous pourriez dormir?...

LOUIS XI.

Pâques-Dieu! cardinal, je vous reconnais bien là, vous avez peur; mais rassurez-vous, si le duc de Bourgogne a son épée, moi j'ai mon génie, s'il a de puissans seigneurs, moi j'ai là, dans ce coffre de fer, vingt sacs contenant chacun mille écus d'or, et dans chacun de ces sacs il y a un seigneur de Bourgogne...

Que dis-je? il y en a deux... Philippe de Comines ne m'a coûté que quinze cents écus!...

LE CARDINAL.

Mais vous humiliez devant un vassal votre
majesté de roi de France !

LOUIS XI.

Quand orgueil chevauche devant, honte et
dommage le suivent de près! c'est ma devise,
c'est la bonne.... Ecoutez, lorsque Warwick
vint me trouver en ambassade à Rouen (15), il
était en arrivant fier et inabordable..... J'en
vins à bout, Pâques-Dieu! devinez avec quoi?..
Avec cent aunes de velours dont je les habillai
tous de telle façon, que leur conscience se
trouva tout à coup emprisonnée sous leur
robe. Oh! le roi d'Angleterre se montra dans
toute sa majesté aux ambassadeurs que je lui
envoyai ensuite... Il leur donna des trompes
de chasse et des bouteilles de cuir... Aussi
mes ambassadeurs restèrent-ils fidèles et fer-
mes!... Cardinal, voici le mot de l'entrevue de

Péronne. J'étais resserré entre trois grands
ennemis. Le plus terrible c'était le duc de
Bourgogne... mais je connaissais son faible,
l'orgueil... et je me suis dit : Allons vers celui-
là, caressons-le bien ; un baiser royal le ra-
mollira comme de la cire, et le roi donnera
à cette cire toutes les formes qu'il voudra...
Cardinal, les grands mots de majesté et de
gloire sonnent creux à mon oreille ; celui qui
se tient trop droit court risque de se briser
le crâne en marchant ; si l'entrée est étroite,
eh bien, baissons la tête jusqu'à ce que la
voûte, devenant plus haute, nous puissions
nous relever tout droit... Voilà ce que je me
suis dit avant de venir à Péronne, et après
cela je suis venu... et Pâques-Dieu ! m'y voici.

LE CARDINAL.

Mais l'histoire ?

LOUIS XI.

L'histoire !... Ecoutez encore ceci, cardinal.
Il y eut un puissant duc qui n'aimait pas un

de ses vassaux, donc il le condamna à mort...
mais craignant une émotion populaire, il alla
trouver ce vassal dans sa prison, et lui dit:
qu'en considération de l'honneur de son nom
et de ses services personnels, il lui faisait
grâce... de l'échafaud!...Alors quatre hommes
entrèrent, prirent le vassal, et, durant le
silence de la nuit, ils se mirent à l'étouffer
entre deux matelas; et comme pendant l'agonie le vassal se soulevait sur ses poings et remuait sourdement, le duc appuya dessus avec
ses mains ducales,... et le vassal ne remua
plus!... Le vassal, c'était le sire de Granson;
le duc, ce fut Philippe de Bourgogne, qui
mourut bientôt après. C'est alors que vinrent
les historiens, qui appelèrent le premier:
Granson le traître! et le second: Philippe le
Bon!... Vous voyez donc bien, cardinal,
qu'il ne faut pas trop se gêner pour l'histoire.....

LE CARDINAL.

Mais Dieu!

LOUIS XI.

Ecoutez donc encore, cardinal. Depuis bien
des siècles les grands vassaux étreignent la
monarchie, et la pressent incessamment pour
en exprimer le suc;... chaque monarque leur
donne en passant son coup de hache.... Eh
bien, moi qui passe aujourd'hui, je les veux
étouffer tous de mes mains les uns après les
autres!.... Oh! si Dieu ne le voulait pas, il
m'aurait déjà écrasé de son tonnerre, car j'ai
dans mon cœur des choses terribles pour parvenir à me satisfaire!.... Laissez donc, laissez donc, cardinal; je vous dis que Dieu
et moi nous sommes très-bien ensemble!....

LE CARDINAL emmène le roi à la grande fenêtre du fond, et
l'ouvre tout entière.

Sire, regardez un peu par cette fenêtre....
Ne voyez-vous pas cette tour qui apparaît
massive et lugubre dans l'ombre, avec ses
vieux créneaux hérissés de barreaux de fer?

LOUIS XI.

Pâques-Dieu! j'en vois bien davantage, cardinal : je vois la ville de Péronne avec ses clochers et ses cheminées de toutes formes, parmi lesquels glisse un amas de petits nuages blanchis par la lune... Tenez, Péronne ressemble en ce moment à un vaste échiquier nocturne, dont vous me montrez l'une des tours.

LE CARDINAL, solennellement.

Eh bien, c'est dans cette tour qu'au dixième siècle un traître vassal, nommé Herbert de Vermandois, fit mourir un roi de France nommé Charles le Simple...... Sire, je vais prier Dieu!...

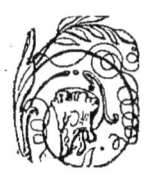

SCÈNE II.

LOUIS XI, seul.

Va-t'en donc, cardinal de Rome; tu trembles de peur sous ta longue robe! Va appeler ton bon ange!... va t'agenouiller des heures entières, puis regarder de temps en temps s'il n'est pas descendu à tes côtés, sur le marchepied de ton prie-dieu!.... Mais ton bon ange ne descendra point; car lorsqu'il entend la voix d'un homme en peine, il regarde d'abord si cet homme a du courage, et s'il sait faire autre chose que se mettre à deux ge-

noux, la tête contre terre, pour appeler au
secours!... Moi aussi je prierai, mais lorsque
je pourrai dire : « Pour me sauver, voilà que
» j'ai fait tout ce qu'un homme peut faire ;
» maintenant c'est à ton tour, ô mon Dieu! »
. . . . Mais pourquoi ce
frisson vient-il de me glacer jusque dans les
cheveux?... Y aurait-il autant de danger que
le dit ce prêtre à robe rouge?.... Le fils de
Charles VII est-il bien en sûreté, si près du
duc de Bourgogne, qui se souvient encore du
pont de Montereau;... si près de sire Robert,
qui se souvient encore de la tour d'Usson?...
Oh! voici une idée du ciel!... Holà! un
page!

Entre un page.

Amène - moi mon compère Jean du
Lude....

Le page sort.

Mon compère Jean du Lude, nous allons

un peu ruser ensemble... Peut-être vaut-il mieux être ici deux rois qu'un seul... Le compère Jean aime tant à vivre de la royauté! si la royauté allait une fois vivre du compère Jean!...

SCÈNE III.

LOUIS XI. JEAN DU LUDE.

LOUIS XI.

Çà, mon compère, viens ici tout près de moi... Pâques-Dieu! je suis ce soir aussi joyeux qu'un écolier échappé de l'Université et qui gambade dans la plaine après avoir jeté ses livres au vent... Je suis échappé de ma cour, et j'ai jeté ma couronne au camp de Dammartin... Viens tout près de moi, te dis-je, car tu es mon ami, toi; je veux te voir, te parler, te caresser tout mon soûl... N'est-ce pas que tu es mon ami? Hein,... dis donc, un ami à un roi!...

DU LUDE.

Il est étonnant, sire....

LOUIS XI.

Appelle-moi ton compère, je te le permets...

DU LUDE.

Je le veux bien. Je dirai donc, sire....

LOUIS XI.

Hein, que c'est quelque chose d'entêté que l'habitude!.... Et dire que toutes ces têtes de courtisans n'aiment, n'admirent, ne détestent, ne rient, ne parlent que par habitude!... Pâques-Dieu! je prendrai l'*habitude* d'en mettre tous les ans une douzaine à la Bastille!.... Mais toi, mon pauvre Jean, dis que tu es mon ami; et si tu mens, fais qu'on ne le voie pas sur ta figure, afin que je puisse croire qu'un jour moi, le roi, j'ai trouvé un homme qui m'aimait!....

DU LUDE.

(*Bas.*) Qu'a-t-il donc à m'aimer ainsi?....
(*Haut.*) Je disais, sire, qu'il est miraculeux
que vous m'aimiez encore.... Je vous ai dit
tant de vérités....

LOUIS XI.

Pour cela, mon compère, j'ai écouté tout
ce que tu m'as dit.... Mais en revanche tu as
pris soin de faire tout ce que j'ai voulu!

DU LUDE.

Dites plutôt, sire, que vous avez *voulu* tout
ce que j'ai fait!...

LOUIS XI.

Pâques-Dieu! mon compère, oublions le
passé! laissons notre vieille peau derrière
nous, pour faire figure neuve au soleil....
Ayons un peu moins d'esprit, et aimons-nous

un peu davantage... Cela fait tant de bien,
n'est-ce pas?

DU LUDE, bas.

Comme il m'aime ce soir!..... il me fait
trembler!

LOUIS XI.

Tiens, il faut que je te donne un souvenir
d'amitié... Voici une précieuse et sainte relique que je veux passer moi-même à ton cou,
mon compère, et puis tu me diras : Merci.
Je me suis souvenu que tu aimes à chopiner,
et qu'il te reste autant d'ennemis que tu as
vidé de bouteilles... Or, cette relique a la vertu
de garantir du poison... Elle a été trouvée
sur le sire de Melun, lorsque je le fis décapiter
au Petit-Andely....

DU LUDE.

Pauvre sire de Melun! Il eût mieux valu
qu'elle garantît de l'échafaud.

LQUIS XI.

Ecoute donc, mon compère : une seule
relique, cela ne peut pas garantir de toutes
les morts à la fois...

DU LUDE.

Vous vous trompez, sire : les reliques ga-
rantissent ordinairement de toutes les morts,
excepté d'une seule...

LOUIS XI.

De laquelle ?

DU LUDE.

Excepté de celle dont on meurt!...

LOUIS XI se signe benoitement

Pardonnez-lui, notre Dame!... Mon compère, cela me fait peine de te voir si mécréant; et souvent tu as bien peu de respect

pour les choses saintes. Prends garde! nous
vivons dans un siècle bien sombre, et il y a
de terribles exemples de seigneurs enlevés
par les puissances des ténèbres, et qu'on ne
revoit jamais plus.

DU LUDE , bas , en montrant Louis XI du doigt.

Oh! je sais bien qui les enlève, moi! (*Haut.*)
Il y en a qu'on revoit quelquefois, sire,...
après dix ans;... le sire Robert, par exemple!

LOUIS XI , montrant les dents, et d'une voix sourde.

Oh! celui-là,... si jamais je puis toucher le
pan de son pourpoint, il faudra que je le tire
jusqu'en place de Grève!... Il est gouverneur
de Péronne,... je le sais; et si j'osais!.... Ma
fortune en décidera..... Le sire Robert! je te
dis qu'il me le faut en place de Grève, à genoux devant le billot,..... et ses yeux devant
mes yeux!... Oh! le sire Robert! le sire Robert!...

DU LUDE.

Et vous ne trouvez pas de moyen? Cela est
bien facile, pourtant. On l'accuse de quelque
bonne trahison..... Il a voulu vous livrer la
tête du duc de Bourgogne :... celui-ci l'enferme
dans un cachot;... avec une clé d'or vous ouvrez sa porte;... il se sauve pendant la nuit,
et il tombe dans une embuscade dressée par
vos soins, qui le conduit où vous paraissez
désirer l'avoir,.... en place de Grève..... Ah,
ah, ah!

LOUIS XI.

Voilà une idée d'en-haut, mon ami, et tu
parles comme un saint...

DU LUDE.

Vous voyez bien que je ne suis pas aussi
mécréant que vous le disiez, sire. J'ai profité
à vos leçons. Voici un petit livret rouge sur
lequel j'ai inscrit tous les pèlerinages qu'il
m'a fallu faire avec vous:

1 au Mont Saint-Michel,

2 à Notre-Dame du Puy d'Anjou,

4 à Notre-Dame de Cléry,

8 à Notre-Dame des Champs,

16 à Notre-Dame de la Victoire, à Senlis..

Vous voyez que cela a toujours été en dou-
blant. Sire, je n'ai qu'une crainte, c'est que
vous allez si vite dans la voie du salut que
vous courez risque de passer de l'autre côté
du ciel!

LOUIS XI, mystérieusement.

Pâques-Dieu! mon compère, n'as-tu rien
vu par-dessous tous ces pèlerinages? Tandis
que je prie, les seigneurs dorment;... et tandis qu'ils dorment, leur main laisse passer
un bout de leur sceptre de fer... Je le touche
déjà du doigt, et bientôt je pourrai le prendre à deux mains!...

DU LUDE.

Alors vous le tirerez tout-à-fait, n'est-ce
pas?...

LOUIS XI.

Oui, brusquement, tout-à-fait et pour toujours!...

Mais qui profitera de ma puissance? le
clergé, les savans, les abbayes, les serviteurs dévoués comme toi. L'Université n'a
jamais été aussi florissante que sous mon règne : elle compte dix-huit colléges et douze
mille écoliers. Voici que l'imprimerie se découvre à Mayence, et déjà j'ouvre mon collége
de Sorbonne à trois célèbres imprimeurs allemands qui, en arrivant, trouveront leurs
ateliers tout prêts... Tu vois bien, mon compère, qu'il y a dans cette tête autre chose que
des pèlerinages à Notre-Dame!

DU LUDE.

Oui ; mais votre tête a des yeux qui ne
voient pas loin dans l'avenir... Vous détruisez
les seigneurs pour consolider la monarchie,
et en même temps vous laissez pénétrer chez

elle quelque chose qui la détruira plus vite, peut-être, que ne l'auraient fait tous les seigneurs ensemble!

LOUIS XI.

Quoi donc?

DU LUDE.

Eh, l'imprimerie...

LOUIS XI.

Eh bien, Pâques-Dieu! laissons-la toujours détruire les seigneurs! . . . . Et puis, je te l'ai toujours dit que tu voyais plus loin que moi; et j'avais raison, le jour que devant toute ma cour je t'ai nommé Maître Jean des Habiletés....... (*Confidentiellement.*) Ecoute, je me sens en franchise ce soir, et, je te l'avouerai, souvent j'ai voulu faire le rusé avec toi; mais, de quelque côté que j'aie mis la main sur ta personne, j'ai touché du fer; toujours je t'ai trouvé l'œil au guet et l'oreille au vent... Oui, je veux en faire l'aveu solennel :

Il ôte son chapeau et se prosterne.

Maître Louis rend hommage à maître Jean!... (*Bas.*) Encore un mot et je le tiens!........

Il le prend par le bras et se promène.

Mon compère, sais-tu que cela est bien vrai que je t'aime? Je sens en moi quel que chose qui m'attire vers toi, et souvent je me suis mis à soupçonner ta mère, la comtesse du Lude, ou bien la reine de France; car je me suis dit : Si c'était mon frère!

DU LUDE.

(*Bas.*) Voyons-le arriver... (*Haut.*) En effet, sire, vous m'avez souvent répété que je vous ressemblais beaucoup, et puisqu'il en est ainsi, ayez l'extrême courtoisie de pousser l'illusion jusqu'au bout, et de me donner quelque bon apanage comme à votre frère de Guyenne..... Mon frère, je vous en prie! (*Bas.*) Il faudra bien qu'il y vienne!....

LOUIS XI, à lui-même.

Mon frère de Guyenne! oh! cela me rappelle encore ce Robert de la tour d'Usson!

DU LUDE.

A quoi pensez-vous donc, sire?

LOUIS XI.

Je pense à l'embuscade!...

DU LUDE

Et à mon apanage?

LOUIS XI.

Pâques-Dieu! je veux mieux faire encore,
car je veux te faire roi..... Prends cette clef...
va dans cette salle, tu trouveras une jaquette,
des chausses, un chapeau, pareils à ceux-ci...
Va... va, te dis-je, et tout à l'heure nous ri-
rons bien de la surprise des courtisans; nous
verrons si, entre maître Jean et maître Louis,
ils auront assez bon nez pour flairer le roi de
France!

DU LUDE.

Eh bien! oui, j'accepte la royauté pour un jour... (*Bas.*) Ce serait bien le diable si le nouveau roi ne trouvait pas le moment de signer le brevet de président au parlement de Dôle en faveur du compère Jean... Ah! je vous tiens, maître Louis!

LOUIS XI, le regardant partir.

Ah! je vous tiens, maître Jean!......

SCÈNE IV.

LOUIS XI, seul.

Le sire Robert!.... le sire Robert!.... voilà un nom qui bruit sourdement dans mes oreilles, et celui qui le porte est à Péronne. Est-ce un présage?.... Oh! quelle terrible vengeance je lui avais confiée, et quelle terrible parole il m'a répondue!.... « Puisque » l'idée t'en est venue à la tête, dis à tes mains » de l'exécuter. Assassine ton frère, ô Louis » de France!.... » Voilà ce qu'il m'a dit... J'ai oublié la tête qui m'a parlé... mais les pa-

roles... jamais!.... Mais c'est qu'il faut absolument que l'on me tue cet homme!.... Mais
ici... sous le regard du Bourguignon?.. Non,
je ne l'oserai pas... à moins que cette révolte
que j'attends à Liége ne me fasse le maître.....
Oh! si je pouvais les ramener tous les deux
dans une même cage de fer!....

Deux lumières brillent tout à coup au front de la tour d'Herbert.

Qu'ai-je vu?.... deux lumières au haut de la
tour d'Herbert?.... Comme elles brillent par
ces deux créneaux!... On dirait que la tour est
vivante et qu'elle regarde avec deux yeux de
feu dans les ténèbres..... Holà! est-ce moi
qu'elle regarde ainsi?.... Elles disparaissent....
C'est sans doute la ronde de mon capitaine
des gardes... Car vous êtes là, mes fidèles
écossais... Vous êtes une barrière vivante et
hérissée d'épées, derrière laquelle je puis dormir sans crainte, car vous mourriez tous jusqu'au dernier plutôt que de laisser toucher
du doigt le roi de France! Quel est ce bruit?...
On dirait qu'un panneau vient de craquer

derrière cette tapisserie... Par Notre Dame! j'ai entendu marcher! Qui va là?... qui va là?.... Ecoutons... Je n'entends rien... non rien... Je respire.... Le sire Robert!... le sire Robert!.. Encore du bruit?.... Allons, je crois que je deviens fou tout roi de France que je suis; c'est sans doute le bruit des pas de mon compère du Lude qui s'habille dans cette salle..... qui s'habille en roi de France! Ah! mon pauvre Jean, si tu savais combien cela est lourd à porter un harnais royal, tu ne te presserais pas tant!......

Il s'assied à la grande table de travail.

Voyons un peu mon projet de traité... Je suis sûr, Pâques-Dieu! qu'Olivier est déjà sur la route de Liége, et que ce fanatique Jean de Wilde, marionnette populaire à travers laquelle je viens de passer un fil, est en sentinelle sur le rempart pour le voir arriver de loin!.... Mes braves gens de Liége, atten-dez encore un peu, laissez-moi sortir de Pé-ronne et emporter ce traité que je couve là de mes deux yeux... Alors soufflez chaud et ferme!.. Une bonne et sanglante sédition! Le duc court sur vous avec Lohéac, et moi je suis là tout prêt avec Dammartin, tout prêt à mordre à ce duché de Bourgogne qui s'élève de toute sa hauteur pour faire ombre à mon royaume! Holà! monseigneur le duc, retirez-vous de notre soleil, et que le roi d'Angleterre puisse voir du haut des remparts de Calais reluire au loin la couronne de France!..

Jean du Lude paraît.

Mais que parlé-je de traité et de couronne!... Voici venir le roi de France... C'est cela!... c'est cela!... (*Bas.*) C'est qu'il me ressemble à tromper l'œil d'un bourreau ou le poignard d'un Bourguignon!

SCÈNE V.

LOUIS XI. DU LUDE.

LOUIS XI.

Sire, veuillez prendre place à cette table,
et permettez que je prenne place à votre
droite.

DU LUDE, avec un costume exactement pareil à celui de Louis XI.

Après vôtre majesté, sire !

LOUIS XI.

A vous la place d'honneur, sire !

DU LUDE.

Je prendrai place après vous, sire !

LOUIS XI.

Eh bien, prenons place en même temps,
sire !

En s'asseyant ils tournent le dos au fond de la salle.

Examinons d'abord le projet de traité de
Péronne.

DU LUDE.

Il m'est avis qu'avant d'examiner le projet
de traité, il sera bon de signer ce parchemin
qui nomme le comte Jean du Lude président
au parlement de Dôle... Qu'en pensez-vous,
sire?

LOUIS XI.

Que le comte du Lude est un peu pressé.
Qu'en pensez-vous, sire?

Le sire Robert ouvre doucement un panneau secret sous la grande tenture de cuir, et paraît derrière eux un poignard à la main.

Ah, ah, ah, ah, ah! Je gagerais la vertu d'une Bourguignonne contre la continence d'un moine, qu'aucun des seigneurs de la cour ne saurait reconnaître, entre les deux têtes que voici, celle que Dieu a faite pour entrer dans la couronne de France. Ah, ah, ah, ah!

Le sire Robert s'avance et lève le poignard sur la tête de du Lude.

DU LUDE.

Ah, ah, ah!... si ce pauvre duc de Bourgogne avait eu, au pont de Montereau, une si parfaite ressemblance à côté de lui, je jure que Tanneguy-Duchâtel n'aurait pas su lequel des deux frapper, et qu'il y aurait regardé à deux fois!...

Le sire Robert recule.

Mais voyons, dépêchons d'apposer le sceau royal sur ce parchemin du président au parl.......

LOUIS XI.

Tout à l'heure!.... Je rirais bien si l'une des sept dames de Péronne qui nous ont pré-senté des fleurs à notre arrivée, et à qui no-tre fou vient de porter le billet d'amour royal, arrivait en ce moment.... Oh! si la dame se prenait à aimer celui de nous deux qui n'est pas le roi, je gage qu'elle s'évanouirait de stu-peur! ah, ah, ah, ah!

Le sire Robert s'avance, et le poignard brille sur la tête du roi.

DU LUDE.

Ah, ah, ah, ah! Un roi de France, cela ne se reconnaît donc point à la simple vue, et la sainte ampoule de Reims ne laisse donc pas au front une marque qui fasse dire : Celui-là c'est le roi!...

Le sire Robert recule.

LOUIS XI.

Si nous faisions appeler notre gaillarde fa-

vorite de Dijon,... Huquette-Jacquelin! Voilà
une maîtresse jurée ès-voluptés et amours!...
oh! celle-là trouverait bien de quoi reconnaître l'amant royal! ah, ah, ah!... (*Le roi rit
si fort qu'il se détourne un peu et aperçoit le
sire Robert. Bas.*) Ciel!... un poignard!

DU LUDE.

Qu'avez-vous?... vous pâlissez......

LOUIS XI, avec un regard infernal.

En effet, sire.... Ne trouvez-vous pas qu'il
est temps de finir ce travestissement,... et de
poser le sceau royal sur ces titres du nouveau
président au parlement de Dôle?...

Tandis que le sire Robert tient le poignard levé sur la tête de
du Lude.

DU LUDE.

(*Bas.*) Que l'épée de Damoclès me tombe
sur la tête, si je n'étais pas sûr de réussir!...
(*Haut, en saisissant le parchemin et le sceau
royal.*) Comte du Lude, nous vous accordons
votre requête... (*Il est frappé.*) Ah!

LOUIS XI, se sauvant.

On assassine le roi!... sauvez le roi!... sauvez le roi!...

DU LUDE, blessé, s'appuie d'une main sur terre, et de l'autre retient le bras de sire Robert.

Je ne te connais pas!.... Malheureux! que veux-tu faire?

LE SIRE ROBERT.

Tuer d'un seul coup le bourreau de France et le traître de Liége!

DU LUDE.

Ce n'est pas moi!... Je suis Jean du Lude.... Ne m'achève pas!... ne m'achève pas!... par la mort-dieu!... Tu vois bien que je ne suis pas Louis XI, puisque je ne me mets pas à deux genoux et que je blasphème!...

LOUIS XI, avec Tristan et des archers qui arrêtent le sire Robert.

Assassin de Bourgogne!..... voici le roi de France,... et voilà Tristan!...

LE SIRE ROBERT.

Tristan?... je suis mort!!!!... Blanche de
Saint-Simon, je ne vous reverrai plus. Allez,
je ne suis pas un infàme, et il y avait aussi
une justice dans ce poignard, si ce poignard
n'eût pas été aveugle!

UN PAGE.

Sire,... sire,... on vient de lancer ce billet
avec une flèche bourguignonne dans la cour
du château...

LOUIS XI.

C'est de Comines.

Lisant.

« Prenez garde, sire : un de vos ennemis
» est parti pour le vieux château que tous vos
» Écossais ensemble ne sauraient défendre; il
» y a trois ouvertures à la seule tour d'Her-
» bert!... Sire, prenez garde!... » Pàques-Dieu!
peu s'en est fallu que ce billet n'arrivàt à un
cadavre au lieu du roi de France!...

À deux genoux, et baisant dévotement l'image de son chapeau.

Ma bonne patronne et maîtresse, je sais bien que c'est à toi seule que je dois mon salut; je porterai un petit Jésus d'argent pesant quarante livres sur ton autel à l'abbaye de Luçon....

Allant à Jean du Lude.

Mon pauvre compère, tu souffres beaucoup, n'est-il pas vrai? Console-toi : dès que tu seras guéri, je te donnerai la présidence au parlement de Dôle....

DU LUDE, qu'on porte sur un brancard, s'arrête devant le roi, pâle et ensanglanté.

Je n'en veux pas, sire!... Je suis vaincu... (*Il ôte son chapeau.*) et maître Jean rend grâce à maître Louis!...

SCÈNE VI.

LOUIS XI. Le sire ROBERT. TRISTAN. Écossais.

LOUIS XI.

Misérable!... avant de mourir, seras-tu au moins assez brave pour répondre avec franchise?...

LE SIRE ROBERT.

Interroge, et tu verras!...

LOUIS XI.

Dis-moi ton nom...

[LE SIRE ROBERT , regardant autour de lui.

Il n'y a pas assez de monde ici, pour que je

te le dise... Quand je te dirai mon nom, tes
dents mordront ta langue, ô Louis onzième!

LOUIS XI.

Pour que tu meures, je n'ai qu'à dire un
mot,... car Tristan m'écoute.

LE SIRE ROBERT.

Dis-le donc bien vite, et ne t'inquiète pas
du Ciel, car en fait de crimes tu es arrivé à
un nombre après lequel on ne compte plus!..

LOUIS XI.

Quoi! brutal et traître tout ensemble?....
Cela ne se voit pas souvent;... à l'ordinaire
c'est : traître et lâche,... n'est-ce pas, Tristan?
C'est égal, réponds à ceci : pourquoi voulais-
tu me tuer?

LE SIRE ROBERT.

Pour t'empêcher d'en tuer d'autres!

LOUIS XI.

Si ma justice a puni quelques grands cou-

12

pables, c'est que ma justice est celle de Dieu...
Mais toi,... tu es un assassin,.... tu marches
dans l'ombre, et tu arrives par derrière....

LE SIRE ROBERT.

Si j'étais Louis XI et si j'avais Tristan, je
ferais comme toi, sire : j'assassinerais par devant !

LOUIS XI.

Tu vois bien que je suis avec Dieu, puisque
tout à l'heure il n'a pas voulu te montrer
celui des deux qui était le roi!... C'est que je
suis plus qu'un homme... Tiens, vois mon
visage : il ne pâlit point... Si tu pouvais aussi
regarder mon âme, tu verrais que les paroles
humaines ne font que glisser sur elle, sans
laisser aucune trace...

LE SIRE ROBERT.

Ah! si je voulais t'en dire une, je suis sûr
que celle-là y mordrait!.... Mais non,.... plus
tard!... plus tard!....

LOUIS XI.

Ce que je fais, Dieu le sait, et Dieu m'a dit
que ma main porte un glaive... Il n'y a rien de
commun entre nous deux, car tu as laissé
l'épée pour le poignard, et Dieu t'a maudit!

LE SIRE ROBERT.

Si j'ai pris le poignard, c'est que je savais
bien que Louis XI ne se trouverait jamais au
bout de mon épée; et si je suis maudit, c'est
que je n'ai pas un cardinal Balue pour me
vendre l'absolution!... car c'est toi qui es un
assassin, entends-tu bien cela, ô Louis de
France? Si l'on ne connaît pas tous tes crimes, c'est que le soleil et la pluie les pour-
rissent aux arbres des chemins, c'est que les
fleuves les engloutissent dans la mer, c'est
que les oubliettes d'Auvergne les enseveli-
sent muettes comme des tombeaux, c'est que
ton confesseur doit se taire et que ta conscience parle bas!... Mais tu es un assassin,
ô Louis de France! et toi seul tu sais combien
de patiens à l'agonie t'ont regardé avec des

12

yeux terribles en disant : « Tu es un assassin,
ô Louis de France!... » Ainsi, c'est toi que
Tristan dévrait étrangler, et non pas moi....
Car lorsque j'arriverai au grand tribunal,
parmi tous ces juges terribles siégeant aux
côtés de Dieu, un seul se lèvera pour me
montrer du doigt :... c'est Jacques de Wilde;..
et moi je lui montrerai mon cœur, et il bais-
sera la main. Mais à peine auront-ils vu bril-
ler ta couronne, que tous les autres se lève-
ront pour montrer du doigt le roi Louis
onzième!... c'est le sire de Melun;... c'est le
gouverneur de Beauvais;.... c'est le sire des
Arcinges;... c'est le vidame d'Amiens;... c'est
Charles VII;... c'est ton père!... ton père, entends-tu?... ton père, qui s'est laissé mourir
de faim le jour où il a pensé qu'il y avait en
France Louis XI et du poison!... c'est.... mais
je ne suis pas condamné à te dire le nom de
toutes tes victimes;.... je ne suis condamné
qu'à mourir..... Tristan, es-tu prêt?.... Mar-
chons!

LOUIS XI.

As-tu fini?

LE SIRE ROBERT.

Oui.

LOUIS XI.

Eh bien, regarde-moi encore maintenant :
ai-je pâli?... Oh! j'ai eu tort de me fâcher
contre lui... c'est une machine vivante qui
sait compter sur ses doigts le nombre des
suppliciés, et dire : « Il y a tant de morts;... »
et qui ne voit pas plus loin...... C'est bien ,
l'homme!.... tu as une excellente mémoire,
mais... tu ne comprends pas!... et c'est pour
cela que tu mourras.

LE SIRE ROBERT.

En es-tu bien sûr que tu oseras me faire
mourir?

LOUIS XI.

Je te dis que tu mourras, car tu ne peux
m'être utile à rien... Je me trompe,... ton cadavre me sera utile. Dans une heure je le
montrerai à ton maître en lui disant : « Mon

» frère, voici un assassin que vous m'avez en-
» voyé; et, pour que je me taise, il faut signer
» ce traité. » Ton cadavre me vaudra plus
que, vivant, tu n'aurais valu à aucun tarif
humain.... Il me vaudra la ruine du duc de
Bourgogne, peut-être;.... mais, je te dis que
tu ne comprends pas!...

LE SIRE ROBERT.

Et tu dis qu'avant de mourir je te reverrai?...

LOUIS XI.

Oui.

LE SIRE ROBERT.

Bon! (*Bas.*) Alors je vous reverrai peut-
être aussi, Blanche!

LOUIS XI.

Va donc, va sous cette voûte, où Tristan
te tiendra prêt pour ma besogne royale; et
après cela tu iras où vont les traîtres,... dans
le feu éternel de l'enfer....

LE SIRE ROBERT.

Je t'y attendrai, sire! . . . .

SCÈNE VII.

LOUIS XI. Le cardinal de BOURBON.

LE CARDINAL, éperdu.

Sire,... sire!... nous sommes perdus!.... La révolte a éclaté à Liége..... Les Bourguignons disent que celui qui l'a excitée,.. c'est vous,.. et que les Liégeois prennent la croix blanche en criant : « Vive le roi! » Péronne est en rumeur; les portes se ferment; du haut de la tour on voit sur les remparts une forêt de piques reluire au clair de lune; le château est investi; on s'assemble, on murmure, on crie, on menace; les torches s'allument, les cloches sonnent, les moines montent en chaire; écoutez!... voici le tocsin! Le chancelier de Bour-

gogne propose votre déchéance, les capitaines
tirent l'épée, les valets tirent le poignard, et
j'ai vu une grande masse de populaire se remuer dans l'ombre et montrer du doigt la
tour d'Herbert!..... Sire, la justice, le clergé,
l'armée, les esclaves et la moitié du peuple se
déclarent contre nous... Sire, il est temps de
recommander nos âmes à Dieu!...

LOUIS XI.

Pâques-Dieu!.... je n'ai jamais reçu tant de
mauvaises nouvelles d'un coup! Cardinal, nous
prierons le Ciel plus tard!... Allons, ma tête,...
ma tête, où es-tu?..... (*A un homme d'armes.*)
Toi, va au capitaine des Écossais : ne lui dis
pas d'être fidèle,.... ne lui dis pas de mourir;
dis - lui seulement : « Capitaine, le roi de
» France est en péril! ».... Cardinal! aurez-
vous bientôt fait de regarder ainsi là-haut?
Venez ici, et mettez vos cinq sens de nature
à comprendre, à faire ce que je vais vous
dire... Oh! je ne veux pas mourir ainsi, moi!..
(*Il l'entraîne au grand coffre de fer.*) Donnez
votre chapeau de Rome, cardinal : je vais y

mettre plus de génie que jamais il n'en a con-
tenu lorsqu'il contenait votre tête, car je
vais y mettre de l'or!.... Tendez votre chapeau, Pâques-Dieu! et faites distribuer bien
vite, à la sourdine :.... mille écus d'or aux
moines,.... voilà pour le clergé! mille écus
d'or au chancelier de Bourgogne,... voilà pour
la justice! mille écus d'or au maréchal,....
voilà pour l'armée! mille écus d'or aux courtisans et aux valets de pied,... voilà pour les
esclaves! et mille écus d'or pour les places
publiques et les carrefours,... voilà pour le
peuple!.... mais ici qu'on prenne garde et
qu'on tâte à deux fois, car parmi les manans
il y en a qui refusent et qui se fâchent!... Allez, courez, volez, cardinal ; prenez un dé-
guisement, mettez la main à l'œuvre; distri-
buez aussi, répandez à pleines mains; chacun
de ces écus est un jour de notre vie..... Répandez à pleines mains, vous dis-je ; et point
d'éloquence, elle est inutile;... allez, ils com-
prendront tous !... Cardinal!... j'oubliais :....
voici encore mille écus d'or... pour vous, cardinal!...

LE CARDINAL.

Ah! sire!

Il court.

LOUIS XI , seul.

Il refuse;... c'est juste,... il aime mieux les prendre lui-même!...

Il allume une chandelle avec sa lampe à la madone portative, et se met à deux genoux.

Et maintenant c'est à toi que j'ai recours, ma bonne patrone et maîtresse,.. ma grande amie, en qui j'ai toujours mis mon espérance et mon réconfort..... Je te prie de supplier Dieu et d'être mon avocate auprès de lui, mais tout de suite, tout de suite; car tu l'as entendu, ils disent que ma vie est en danger!.. Pardonne-moi cette révolte de Liége... C'était à cause de ce duc de Bourgogne,.... que je voudrais voir sous la main de mon bourreau et.... Mais non, non, je n'ai pas dit cela;.. je n'ai rien dit; je lui veux du bien, je lui pardonne.... Ma bonne petite maîtresse, toi que j'ai faite capitaine de mes gardes pour te faire honneur, fais-moi sortir vivant de Péronne,.. et je sais bien ce que je te donnerai!..... Quel est ce bruit?... Des épées!... eh quoi! personne dans cette chambre pour défendre le roi?... Ils approchent,.... le bruit des armes redouble.... Ma garde est-elle forcée?... cette fenêtre?... Oh! ils se battent là,... dans la cour.... Ma dernière heure va sonner... L'or n'est pas arrivé à temps!... *Miserere mei, Domine, quia non te invocavi*... C'est Comines!... Eh bien?... parlez.... qu'arrive-t-il?... parlez,... parlez, par Notre-Dame!... Faut-il mourir ainsi,.... sans prêtre,... sans secours,... sans défense?

COMINES.

Il vient,... il vient;... il est sur mes pas, ses lèvres tremblent de colère,.... sa main tient une épée....

LOUIS XI.

Qui donc?... le sire Robert?

COMINES.

Vos Écossais ont refusé l'entrée;... il est

devenu furieux... Il a tiré l'épée, vous dis-je;
il a tué un Écossais... Du sang!... du sang!...
là,... là, sous votre fenêtre!...

LOUIS XI.

Mais qui donc?... mais qui donc?

COMINES.

Eh! qui donc serait-ce, si ce n'était le duc
de Bourgogne?

LOUIS XI.

A-t-il dit qu'il voulait... me... tuer?

COMINES.

Non,... mais il faut lui donner tout ce qu'il
vous demandera...

LOUIS XI.

Oui, c'est cela, tout ce qu'il demandera,
ma couronne, Paris, la France;... mais je veux
la vie!... Comines, allez devant, lui dire que
je veux la vie!.......

COMINES.

Il y a un projet de traité qu'il faut signer, sire, pour sortir vivant de Péronne...

LOUIS XI.

Je signerai,... je signerai!

COMINES.

Je vous suivrai à Paris... Ciel! les voici!....

LE CAPITAINE DES ÉCOSSAIS.

Sire, mettez-vous derrière nos épées, nous mourrons tous devant vous!

Les cardinaux et les seigneurs se mettent tous derrière.

LE CARDINAL.

Sire, nous sommes tous morts!...

LE CAPITAINE DES ÉCOSSAIS.

C'est cela : courtisans et valets, le danger vient, cachez-vous derrière le roi de France (21)!

SCÈNE VIII.

Le duc de Bourgogne, suivi de ses hommes d'armes portant bannières à la croix de Saint-André, avec ce mot:
LIÉGE!.... Les deux partis se rangent en deux lignes, et
Louis XI s'avance vers le duc qui se tient dans une position
très-humble, tandis que ses lèvres et ses paroles tremblent de
colère, et que son épée est fumante de sang

LOUIS XI.

Mon frère, ne suis-je pas en sûreté dans
votre ville et dans votre maison?

LE DUC.

Vous êtes plus en sûreté à Péronne que je
ne le serais à Liége, n'est-ce pas, monsieur?

LOUIS XI.

Pâques-Dieu! mon frère, à la nouvelle de
cette sédition de Liége, je me suis signé de la
tête aux pieds, et j'ai maudit du fond de mon
cœur tous ces misérables bourgeois!

LE DUC.

Oh! ne maudissez pas, et attendez encore,
car le jour approche où tous les traîtres seront punis; car il y a ici-bas une justice en
attendant l'autre; et le glaive de cette justice,
je commence à croire qu'il est dans le four-
reau de mon épée!... Monsieur, voulez-vous
signer ce traité?

LOUIS XI.

Je le veux, mon frère. (*Lisant.*) ... Quoi! le
traité d'Arras! Ah! mon frère! les villes de la
Somme! l'abolition de l'appel au parlement
de Paris! Ah, mon frère! les péages! les tran-
sits! et Pontoise et Melun!... Mon frère, dites,
voulez-vous pas aussi la couronne de France?

LE DUC.

Liége!... Liége!... Monsieur, voulez-vous signer ce traité?

LOUIS XI.

Eh bien, oui, mon frère, je le signerai; et, puisque c'est la volonté du Ciel, plus de haine! plus de guerre! Nous avons été élevés en frères; vous vous en souvenez, n'est-ce pas, comte de Charolais? eh bien, vivons et mourons en frères...

LE DUC.

Liége!... Liége!... Monsieur, voulez-vous venir avec moi combattre en personne les gens de Liége? Ils disent qu'ils se révoltent au nom de....

LOUIS XI

Eh, oui, je les combattrai! car je suis fort émerveillé de la méchanceté de ces manans qui mettent toujours le nom du roi sur leurs bannières séditieuses... Pâques-Dieu! que tous ces Flamands boivent et dorment au fond de leurs tavernes; à les entendre, il les faudrait tous loger sous la couronne de France!

LE PEUPLE , sous la grande fenêtre.

Vive le roi!... vive la France!

LOUIS XI , courant à la fenêtre.

Chut!... chut!. mes amis, vive Bourgogne!

Murmures sourds du peuple.

JEAN KELLER , montrant le roi.

Réjouis-toi, ô France! tu as été reniée par cet homme!

LOUIS XI , prenant une croix de Saint-André à un Bourguignon, et l'attachant sur sa poitrine.

Oui, mes amis, vive Bourgogne!... Prenez tous la croix rouge de Bourgogne... (*Bas à un archer de France.*) Ote donc ta croix blanche, malheureux! (*Haut:*) Mon frère, êtes-vous content, et maintenant suis-je en sûreté dans votre ville de Péronne?

                              13

LE DUC.

Oui,... mais il faut jurer le traité, et cette
nuit même marcher sur Liége...

LOUIS XI.

Mon frère, pour vous donner une preuve
de notre loyauté, nous voulons jurer le traité
sur la croix de saint Laud que nous tenons de
Charlemagne... Vous savez que le parjure qui
fait serment sur cette croix meurt dans l'année....

LE DUC, tirant un parchemin.

Ecoutez tous!... Comines, lisez à voix haute
et solennelle ;... le serment que vous allez entendre a été fait exprès pour le roi Louis onzième!

LOUIS XI, bas.

Oh!... quand sera-ce mon tour?

Le roi et le duc se mettent à genoux face à face sur deux coussins
d'écarlate. Le cardinal de Bourbon se place devant eux, et leur
présente la vraie croix de saint Laud. Un moine tient ouvert le
livre des évangiles. Toute l'assistance se met à genoux. Jean
Keller reste debout.

COMINES , lisant.

« Nous jurons l'observation de ce traité en
» parole de *roi* et de *duc*, par la foi et serment
» de notre corps, par Dieu notre Créateur,
» par la foi et la loi que nous tenons de lui et
» que nous avons apportées du saint bap-
» tême ; par le saint Canon de la messe, sur
» les saints Evangiles, sur la vraie et pré-
» cieuse Croix de Notre-Seigneur Jésus-Christ,
» lesquels Canons, Evangiles et vraie Croix
» nous avons touchés de nos mains :.... de te-
» nir, garder, observer, accomplir et entrete-
» nir toutes les choses susdites, sans en rien
» laisser, sans chercher aucun moyen, cou-
» leur, ou cause, pour y faire aucune muta-
» tion. Nous nous y obligeons par l'hypothè-
» que de tous et chacun de nos biens, sur
» notre honneur, sous peine d'être perpétuel-
» lement déshonorés et vilipendés, en tous
» lieux.... Promettons et jurons par tous les
» mêmes sermens de ne jamais solliciter de
» notre saint-père le pape, d'aucun concile,
» légat, pénitencier, archevêque, évêque ou

» autre prélat, dispenses, absolutions, ni re-
» lâchement des choses susdites, sans le con-
» sentement exprès des parties... (1). »

JEAN KELLER.

Quel serment, ô ciel!.. Il semble que
chaque mot renferme un parjure!..

LE DUC.

Je le jure!.... Avez-vous entendu, sire?

LOUIS XI.

Oui,... et en présence de Dieu et des
hommes, je dis : Je le jure!...(*Il baise furti-
vement l'image de son chapeau et dit tout
bas.*) Ma bonne patrone, tu m'es témoin
que je n'ai pas juré par ton nom... Oh, je suis
bien sûr que tu me comprends, toi (22)!
(*Haut.*) Allons, je me sens en liesse main-

---

(1) Ce serment me paraît le document le plus bizarre et le
plus monstrueux que nous ait laissé l'histoire. Et si l'on
ajoute qu'il a été *violé cinq fois*, on aura la mesure de ce
que valent les sermens en général, et en particulier les paroles des rois. Il y a là-dedans l'histoire de quinze siècles!

tenant; n'est-ce pas, mon frère, que cela fait
bien de se jurer amour, lorsqu'en même
temps on le ressent au fond du cœur?....
Mais, ordon-nez donc à ces épées de rentrer
aux fourreaux!

LE DUC, aux capitaines.

Gardez-les toutes nues,... toutes nues pour
Liége!

LOUIS XI.

Aurez-vous toujours cet air fâché, mon
frère? Tenez, dès que les manans de Liége
seront remis en sagesse, venez nous voir à
Paris... Vous y trouverez de belles et aima-
bles dames,... et si vous venez à y commettre
quelque péché, nous vous donnerons pour
confesseur le cardinal que voici... C'est un
bon compagnon lorsqu'il n'a pas peur, et il
se fera un plaisir de vous donner l'absolution!.. A propos, j'oubliais,.. Tristan!.. amène
l'homme au poignard. (*Avec énergie au duc.*)
Il faut que je vous rende quelqu'un de votre
maison; il était venu pour tuer le roi de

France ,.. et on disait que celui qui l'avait envoyé, c'était le duc de Bourgogne!

LE DUC, avec fureur.

Quel est le misérable qui oserait?..

LOUIS XI.

Oh! mais je n'en ai jamais rien cru, mon
frère, je n'en ai rien cru, Dieu et Notre-Dame
m'en sont témoins!......

Tristan amène le sire Robert.

LE SIRE ROBERT.

Que veux-tu?

LOUIS XI.

Te donner ta grâce.

LE SIRE ROBERT.

Je venais la prendre.

LOUIS XI.

Qu'aurais-tu donc fait?

LE SIRE ROBERT.

Je t'aurais dit mon nom.

LOUIS XI.

Ton nom?.. Qu'est-ce que cela peut me
faire, ton nom?

LE SIRE ROBERT.

Tu as donc oublié? Quand je te dirai mon
nom, tes dents mordront ta langue, ô Louis
onzième!.. Je m'appelle..... Robert!

LOUIS XI.

Robert!

LE SIRE ROBERT.

Oui, Robert, de la tour d'Usson en Auvergne.

LOUIS XI le prend par le bras et l'entraîne.

Tais-toi,.. ou parle bas!

LE SIRE ROBERT.

Et pendant les dix ans que j'ai été dans

cette tour, j'ai médité sur ton amour pour
ton frère de Guyenne!.. car tu te souviens
qu'une nuit, à la Bastille, tu m'as dit combien
tu l'aimais ton frère de Guyenne! Louis XI,
oserais-tu bien dire encore que c'est moi qui
suis l'assassin?

LOUIS XI, avec terrreur.

Non,.. non,.. mais tais-toi!..

LE SIRE ROBERT.

Tu vois bien qu'on n'a pas besoin de
Tristan pour te faire trembler; on n'a besoin
que de ta conscience!.... J'ai fini, Louis de
France, et maintenant....... à Dieu!

LOUIS XI.

(Bas.) Oh! si je puis le reprendre, il faudra
que je le déchire avec les ongles de mes mains!..
(Haut.) Venez sans crainte, sire Robert,
car vous allez retourner à votre seigneur et
maître, qui est mon ami, mon allié, mon
frère... Sire Robert, voulez-vous toucher la

main au roi de France? Il a tout oublié...

LE SIRE ROBERT.

Je n'ai pas oublié, moi!

BLANCHE DE SAINT-SIMON AVEC UN VOILE NOIR , entrant pré-
cipitamment

Je n'ai pas oublié, moi!....

Justice!.. justice! Sire, je demande justice... Sire, ne touchez pas à cet homme...
Vous voyez bien qu'il a du sang après
lui... Mais, vous voudrez que je vous dise
quel est ce sang, n'est-ce pas? Sire, c'est
le sang de Jacques de Wilde!.. Je vois bien
qu'il faut que je vous raconte tout cela; car,
à me voir ainsi avec le désespoir dans le
cœur et dans la tête, on dirait : Il ne faut
pas croire cette femme;.. elle est folle!.... Non,
cette femme n'est pas folle, mais à cette
femme on a tué son mari!.... Vous voyez ce
Robert?.. Il m'aimait, et il m'a dit qu'autrefois
je l'ai aimé; mais cela n'est pas vrai!.. Est-ce
que je me souviens de ces choses-là? Et puis,
vous allez comprendre qu'il est impossible

que quelqu'un ait jamais aimé cet homme...
Aujourd'hui, il a accusé Jacques de Wilde
d'une trahison abominable... Sire, c'est moi
qui suis la femme de Jacques de Wilde.....
J'ai demandé à cet homme la grâce de mon
mari... Oh! je ne puis pas parler, mes larmes
entrent dans ma bouche... J'ai demandé la
grâce... Eh bien, il ne me l'a pas donnée,..
il me l'a vendue!.. Et moi, j'ai pris la grâce,
et en arrivant dans la prison j'ai crié : Grâce!
grâce!.. Jacques de Wilde était couché sur les
dalles; vous savez bien, vous autres, à
l'endroit où il fait si sombre;.. et comme il
me tendait les bras, moi je me suis jetée dans
ses bras;.. il m'a serrée contre lui... Horreur!
c'était pour me rougir de son sang, car
il était percé de coups de poignard, et dans
son agonie il me serrait de plus en plus, et
j'étais bien heureuse, parce que je croyais
qu'il allait m'étouffer; et en mourant il prit
ma tête, et ses deux mains collèrent mon
oreille contre sa bouche et sa voix tremblait,
et il me dit : Malheureuse, tu t'es vendue
pour un cadavre,.. je te maudis!.... Sire, je

suis déshonorée, je suis maudite, faites-moi
justice, et après cela je me tuerai!

LOUIS XI, froidement.

Belle dame, j'en suis marri, mais le sire
Robert ne m'appartient plus. Vous arrivez
mal avec vos idées de vengeance dans un
moment d'alliance et d'allégresse, et puis il
est si doux de pardonner!.. Allons, arran-
geons la chose. Je prends la malédiction pour
moi, mais je garde ma justice... (*A part.*)
Pour plus tard!

BLANCHE aux pieds du duc.

Eh bien, c'est à vos pieds que je me jette,
car Jacques de Wilde est là-haut qui me regarde et qui attend justice; et, puisque le roi
ne veut pas la faire contre son ennemi,
monseigneur, je vous la demande contre
votre ami!

LE SIRE ROBERT.

Blanche, c'était à moi qu'il fallait demander

justice; ne savez-vous pas que votre haine,
c'est ma mort?..

A un homme d'armes.

Frère, veux-tu faire une belle action?..
Prête-moi ton épée!

JEAN KELLER, à l'oreille du sire Robert.

Quand l'heure de ta mort sonnera, tourne
la tête, Jean Keller sera là !

LE DUC.

Blanche de Saint-Simon, prenez garde à
vos paroles; le duc de Bourgogne va les recevoir pour ne plus vous les rendre! Blanche
de Saint-Simon, que voulez-vous pour cet
homme?

BLANCHE, d'une voix faible et regardant le sire Robert.

Hélas! n'ai-je pas dit..... justice ?...

LE DUC.

Blanche de Saint-Simon, en présence des

chevaliers de France et de Bourgogne, je
vous en donne ma parole ducale, avant que
le soleil de demain soit levé,.. justice sera
faite à cet homme !

LOUIS XI, bas.

Holà, j'arriverai avant toi, monsieur le
duc !

LE GLORIEUX paraît tout à coup, lève sa marotte sur la tête de
sire Robert

Blanche de Saint-Simon, avant que le soleil de demain soit levé, cet homme sera
mort, ah, ah, ah, ah, ah, ah, ah!...

BLANCHE.

Je me meurs !..

Elle tombe dans les bras du fou qui rit long-temps en penchant
sa tête sur la sienne ; mais tout-à-coup , au milieu du tumulte, son
rire s'éteint dans un baiser !

CARDINAL ! BÉNISSEZ-LES !

.... Moi qui suis toujours en si parfaite
» harmonie avec les infortunés, car en vérité
» je trouve je ne sais quoi de repoussant dans
» l'homme favorisé par la fortune. »

Foscolo.

« Qui sait-on qui demain sera mort ou ma-
» lade? Celui vit seulement lequel vit aujour-
» d'hui. »

J. Du Bellay.

« Une ville toute hérissée de gibets et d'é-
» glises. »

Les mauvais garçons.

« Mais tu m'aimes, n'est-ce pas? S'il me fal-
» lait renoncer à ton amour, à ton estime,
» tout serait fini. »

C.

SCÈNE PREMIÈRE.

Une voûte sombre éclairée par une énorme lampe de fer ;
on voit à gauche un grand escalier ; à droite une porte à
grosses ferrures. Une corde, suspendue à la voûte, tombe
perpendiculairement sur la trappe d'une oubliette. Un double
rideau rouge cache le fond.

Deux archers bourguignons qui gardaient la porte aux
grosses ferrures, se dirigent mystérieusement vers le grand
escalier, et s'arrêtent un moment avant de descendre.

1er. ARCHER.

Et tu dis qu'il t'a donné vingt écus
d'or?

2e. ARCHER.

Oui, vingt écus d'or, sonnant dans ma
main comme la petite cloche de matines à
Saint-Paul !

14.

1er. ARCHER.

Et il était couvert d'un long manteau gris?

2e. ARCHER.

Oui.

1er. ARCHER.

Et il t'a donné vingt écus d'or ?

2e. ARCHER.

Oui.

1er. ARCHER.

Voilà un singulier seigneur! il te donne vingt écus d'or pour sauver un homme, et à moi dix écus pour en tuer un !

2e. ARCHER.

Pour tuer un homme?

1er. ARCHER.

C'est-à-dire,.. le tuer,.. le tuer, s'il fait ré-

sistance..... A minuit, sur la route de France...
C'est ce que nous appelons tout simplement
une embuscade... On le mène à Dammartin,..
Mais cela n'est pas juste, entends-tu? vingt
écus pour toi! Tu n'as qu'à t'éloigner un
instant pour laisser fuir le sire Robert, qui
est un si brave chevalier qu'on le ferait sauver
pour rien... et moi , il faut que je risque ma
vie pour dix écus!...... Et puis, dis donc, tu as
la bonne action, et moi j'ai le crime!..-

2ᵉ. ARCHER.

Oui, mais le crime, cela n'est pas rare
comme l'autre chose... Écoute, si le crime
te pèse, il y a un moyen d'arranger l'affaire...

1ᵉʳ. ARCHER.

Lequel ?

2ᵉ. ARCHER

Tu as dix écus d'or, n'est-ce pas?

1ᵉʳ. ARCHER.

Oui.

2ᵉ. ARCHER.

Eh bien, donne-moi cinq écus d'or,.. et ne tue pas l'homme; il te restera encore cinq écus et une bonne conscience!....

1ᵉʳ. ARCHER.

Tu sais compter. Je garde ma somme... Écoute,.. voilà le coup de minuit;.... c'est le signal,.... je cours à mon poste.....

2ᵉ. ARCHER.

Et moi, je me sauve du mien!....

On entend les douze coups de minuit résonner au loin dans la galerie. Deux hommes enveloppés dans des manteaux gris et noir arrivent par le grand escalier, mais bientôt le premier s'arrête et se retourne sur celui qui le suivait pas à pas.

SCÈNE II.

LE MANTEAU GRIS.

Eh! dis donc, l'homme au manteau noir!.. pourquoi caches-tu ta figure?.. En montant le grand escalier, trois fois je me suis retourné sur toi, et je n'ai vu que tes yeux qui brillaient dans l'ombre... Es-tu un espion?

LE MANTEAU NOIR.

J'allais te demander la même chose, car tu caches ta figure sous ton manteau gris, et trois fois, lorsque tu t'es retourné snr moi, je n'ai vu que tes yeux qui brillaient dans l'ombre.....

LE MANTEAU GRIS.

Puisque tu n'es pas un espion, peut-être
que tu viens avec la même idée que la
mienne... Pourquoi viens-tu?

LE MANTEAU NOIR.

Je viens peut-être avec la même idée que
la tienne... Pourquoi viens-tu?

LE MANTEAU GRIS.

Pour voir le prisonnier,.. et toi?

LE MANTEAU NOIR.

Pour voir le prisonnier.

LE MANTEAU GRIS.

Le sire Robert?

LE MANTEAU NOIR.

Le sire Robert.

LE MANTEAU GRIS.

Quoi! deux à la fois pour voir un prisonnier du duc de Bourgogne!.. Est-ce que tu es le bourreau?

LE MANTEAU NOIR.

Non, je suis un homme.

LE MANTEAU GRIS.

Alors, qui de nous deux va parler le premier au prisonnier?

LE MANTEAU NOIR.

Toi, si je le permets, et moi si je le veux!

LE MANTEAU GRIS.

Oh, oh! voilà parler en maître!.. Écoute, veux-tu de l'or? je t'en donnerai beaucoup; mais laisse-moi parler le premier au prisonnier.

LE MANTEAU NOIR.

De l'or?... Eh! que veux-tu que j'en fasse?

LE MANTEAU GRIS.

Par Notre-Dame! il y a cette nuit quarante-

cinq ans que ma mère m'a mis au monde, et
voilà la première fois qu'on me fait cette
question!....Ce que je veux que tu en fasses?
Eh! ce que l'on fait de l'or... des châteaux,
des valets,.. des chevaux, des femmes,.. des
consciences!..

LE MANTEAU NOIR.

Alors, je ne veux pas de ton or.

LE MANTEAU GRIS.

Mais par tous les diables de l'enfer, que
veux-tu donc?

LE MANTEAU NOIR.

Je veux parler le premier au prisonnier.

LE MANTEAU GRIS.

Écoute, ne t'obstine pas si tu as un cœur
sous ton pourpoint, car je viens pour.....
Mais, est-il bien vrai que tu n'es pas un
espion?

LE MANTEAU NOIR.

Puisque j'ai refusé ton or...

LE MANTEAU GRIS.

Cela ne prouve rien. Peut-être crois-tu que mon secret te vaudra un écu de plus que je ne t'ai offert !....

LE MANTEAU NOIR.

Eh bien ! regarde mes cheveux blancs...

LE MANTEAU GRIS.

Et que veulent-ils dire tes cheveux blancs ?

LE MANTEAU NOIR.

Ne sais-tu pas qu'un espion n'a pas de cheveux blancs ?

LE MANTEAU GRIS.

Pourquoi ?

LE MANTEAU NOIR.

Parce qu'un espion, cela meurt par la con-

science ou par le poignard!... un espion, cela
ne vieillit pas!...

LE MANTEAU GRIS.

Tu dis vrai, je viens pour sauver le prisonnier.

LE MANTEAU NOIR.

Moi aussi.

LE MANTEAU CRIS.

Toi aussi? et tu n'es pas le bourreau, et
tu n'es pas une femme?.. mais qui es-tu
donc?

LE MANTEAU NOIR.

Quelqu'un qui s'est dit : Le sire Robert sera
mon fils pour le bonheur comme pour l'infortune, et quelqu'un qui n'a pas oublié
maintenant que l'infortune est arrivée!..

LE MANTEAU GRIS.

Puisque tu dis que c'est ton fils, laisse-moi
donc le sauver, car j'ai plus de chances que
toi. J'ai corrompu tous les archers de Bour-

gogne. Mon or les a mis en fuite, excepté un
seul à qui je dirai le mot d'ordre en passant,
et qui t'arrêterait, toi; un cheval attend de
l'autre côté du pont-levis... et avant une
heure le sire Robert courra sur la route de
France.....

LE MANTEAU NOIR.

Je n'ai corrompu aucun archer de Bourgogne, aucun cheval n'attend de l'autre côté
du pont-levis; je n'ai pas beaucoup d'or, je
n'ai que le prisonnier et la prison..... mais la
terre libre est à deux pas d'ici; mais je me
suis dit : Il faut que je sauve cet homme!..

LE MANTEAU GRIS.

Pas d'or !.... J'ai plus de chances que toi,
donc j'entre le premier.

LE MANTEAU NOIR.

Un instant !.. tu n'es pas sûr de ton affaire,
et moi je suis sûr de la mienne, car je me
suis dit : Il faut que je sauve cet homme!...

LE MANTEAU GRIS.

Mais ta raison n'est plus dans ta tête!.. vieillard, quel moyen veux-tu donc employer?

LE MANTEAU NOIR.

Le seul qu'on doive employer lorsqu'on n'a pas d'or, mais qu'on a du cœur, et qu'une fois on s'est dit : Il faut que je sauve cet homme!.... tu ne comprends pas?

LE MANTEAU GRIS.

Non.

LE MANTEAU NOIR.

Je m'en doutais. Alors tu dois être un très-grand seigneur!

LE MANTEAU GRIS.

Pourquoi?

LE MANTEAU NOIR.

Parce que tu ne comprends pas!..

LE MANTEAU GRIS.

Mais, par Notre-Dame! dis-moi vite ce que tu veux faire?

LE MANTEAU NOIR.

Eh! je veux mourir à la place de cet homme!

LE MANTEAU GRIS.

Comment veux-tu qu'on te comprenne si tu es fou? toi, me comprends-tu?

LE MANTEAU NOIR.

Peut-être. Tu ne veux pas que cet homme meure parce qu'il t'est venu une idée que tu pourrais tirer quelque chose de sa vie pour la tienne... Sois franc, n'est-ce pas que tu veux sauver son corps pour avoir son âme?..

LE MANTEAU GRIS.

(Bas.) Ah! je veux avoir le corps et l'âme tout ensemble!.. (Haut.) Ne cherche pas, vieil-

lard, un seul homme peut me comprendre.... .
c'est moi!...

LE MANTEAU NOIR.

Veux-tu me dire ton nom ?

LE MANTEAU GRIS.

Mon nom?.... vieillard, si ma mère vivait,
et si elle était dans ce château de Bourgogne,
je ne dirais pas mon nom à ma mère!

LE MANTEAU NOIR.

Veux-tu que je te le dise, moi?

LE MANTEAU GRIS.

La couronne de France pour toi, si tu dis
mon nom !

LE MANTEAU NOIR.

La couronne, oui; mais la tête qui la porte,
veux-tu me la donner aussi? Allons... finis-
sons!..

Il lui retire brusquement son manteau, et découvre en même
temps le sien.

Tu es le roi.... et moi je suis le peuple!....
Tu es Louis XI , et moi je suis Jean Keller ;
tu veux acheter un homme , moi je veux le
sauver; tu veux vivre avec sa vie, moi je
veux qu'il vive avec la mienne ; tu veux l'envoyer à la cour, moi je veux l'envoyer à mes
montagnes ; tu veux en faire un esclave en
liberté , moi je veux en faire un homme
libre!..... Comprends-tu maintenant?

LOUIS XI.

Non..... mais toi non plus ! je ne veux pas
lutter avec toi si tu es du peuple, car le peuple, cela est aveugle, mais cela meurt!... le roi
de France t'abandonne la place !.. Jean Keller,
tu as des cheveux blancs!.... tu vois que je
comprends assez pour savoir que tu ne me
trahiras pas!....

Il se cache sous son manteau et descend rapidement l'escalier.

SCÈNE III.

Le sire Robert, attiré par l'énergie des dernières paroles, ouvre la porte aux grosses ferrures, et parle de loin à Jean Keller qui est dans l'ombre.

LE SIRE ROBERT.

Est - ce déjà le bourreau?.... ah! tant mieux!.... Tu viens me chercher, n'est-ce pas? car le duc de Bourgogne t'a dit : Va dans ce château, cherche bien, et tu trouveras sous l'une de ses voûtes un chevalier dont le père est mort pour mon père... un chevalier qui, à Montlhéri, s'est mis entre une épée et ma poitrine, et qui a reçu l'épée dans la poitrine... eh bien, quand tu auras trouvé ce chevalier, prends-le, et va me le tuer en

plein soleil sur la place publique, ou dans
quelque galerie sombre et muette, et quand
tu lèveras ta hache, frappe... frappe sans
crainte, car je ne viendrai pas me mettre
entre la hache et lui !.... Voilà ce qu'il t'a dit;
eh bien, partons pour la place publique où
il y a les hommes, ou pour la sombre galerie
où il y a Dieu !..

JEAN KELLER.

« Quand l'heure de ta mort sonnera, sire
» Robert, tourne la tête, Jean Keller sera
» là..... » Je suis Jean Keller...

LE SIRE ROBERT.

Toi ici, Jean Keller !.. à deux pas du duc
de Bourgogne !.... Avant de monter au seuil,
tu as donc dit : je veux mourir...

JEAN KELLER.

Je l'ai dit.

LE SIRE ROBERT.

Pourquoi?

JEAN KELLER.

Parce que je veux mourir pour quelqu'un.

LE SIRE ROBERT.

Pour qui?

JEAN KELLER.

Pour toi.

LE SIRE ROBERT.

Pour moi? Jean Keller, je ne t'ai jamais
fait de mal!..

JEAN KELLER.

Tu as fait, que je veux mourir pour toi.

LE SIRE ROBERT.

Tu es à la cour de Bourgogne, sais-tu bien
cela? Où as-tu appris qu'ici on mourait pour
un autre?

JEAN KELLER.

Dans mon cœur.

LE SIRE ROBERT.

Vieillard, c'est un moment de délire; il ne sera pas dit que le sire Robert doit la vie à un moment de délire... Une fièvre ne dure qu'un jour...

JEAN KELLER.

Et qu'importe si je meurs avant ma fièvre?

LE SIRE ROBERT.

Mais tu es un étranger pour moi.

JEAN KELLER.

Non, tu es mon frère puisque tu es un homme.

LE SIRE ROBERT.

Jamais on n'est mort pour un homme.

JEAN KELLER.

Je commencerai donc le premier.

LE SIRE ROBERT.

On meurt pour une femme, pour un ami,

on meurt pour un fils, on meurt pour un
père.

JEAN KELLER.

Eh ! ne serai-je pas ton père par le dévoue-
ment, et ne seras-tu pas mon fils par la mémoire? Tiens, je n'ai jamais eu qu'un fils :
Dieu me l'a ôté, et lorsque je t'ai vu pour la
première fois, eh bien, j'ai cru revoir mon
fils; tu as son regard et sa voix, tu as son
cœur et ses passions; et, comme je pleurais
sur la tombe de mon fils, toi, tu viendras
pleurer sur la mienne... J'ai soixante-dix ans,
quelque chose me dit que je suis au bout de
ma route; laisse-moi y planter un arbre de
plus !.. Dis-moi, quelle est la chose la plus
heureuse pour un vieillard de mourir dans
une maladie longue et douloureuse, ou bien
de mourir tout d'un coup dans une belle action? Va, tout bien compté, je ferai un bon
marché avec toi, car il vaut mieux arriver
devant Dieu avec une année de moins, et une
bonne action de plus !..

LE SIRE ROBERT.

Qu'ai-je entendu ?.. a-t-on jamais parlé ce langage à la cour ? Jean Keller, depuis que tu as parlé, et il y a de cela une minute, voilà que j'ai vécu cinquante ans de plus ! Laisse-moi te toucher... sommes-nous pas au ciel ?

JEAN KELLER.

C'est moi qui te demande d'y monter le premier; tu vois que je ne suis pas généreux, sire Robert !

LE SIRE ROBERT.

O Blanche de Saint-Simon ! si vous étiez là, diriez-vous encore que je suis un infâme ?..... Voici un vieillard qui m'aime encore après mon crime !

JEAN KELLER.

Oui, je t'aime encore, car ce qu'ils appellent ton crime et que j'appelle une fièvre, fait que tu es un homme. Si tu étais un dieu, tu n'aurais pas été malade par le cœur et par la tête, mais aussi je ne pleurerais pas sur toi, car on ne pleure pas sur un dieu..... un dieu, on l'adore, voilà tout.

LE SIRE ROBERT.

Mon père, laissez-moi baiser le pan de votre robe!..

JEAN KELLER.

Prends cette robe, et je prendrai tes habits, et après cela, va en Suisse ; car en mourant, je te donne à mon pays, et c'est à lui que tu paieras ce que tu dois au vieillard. Va... ne t'arrête pas en chemin..... va à Unterwalden. En arrivant tu diras : Mes frères, je viens vivre libre parmi vous, vous aimer, vous défendre, car c'est moi qui suis Jean Keller à présent! seulement, je suis jeune et brave, et l'autre se mourait. Je viens recommencer sa vie!.. et ils te diront ma vie, et si tu fais comme j'ai fait, mon âme se réjouira là-haut!......

LE SIRE ROBERT.

Oui, c'est une grande et belle chose que tu

me proposes; mais tu pensais trop bien de moi, tu as trop compté sur mes forces... Jean Keller, je n'irai pas.

JEAN KELLER.

Quoi! me serais-je trompé? Tu crains de quitter la cour. Il te faut des richesses et des honneurs; la rude franchise de mon pays t'effraye, et de peur d'y vivre pauvre et libre, tu aimes mieux mourir, n'est-ce pas?

LE SIRE ROBERT.

Jean Keller, tu ne comprends pas.

JEAN KELLER.

Et tout à l'heure, c'est moi qui disais à un autre : tu ne comprends pas !.. Pourquoi refuses-tu de partir?

LE SIRE ROBERT.

Parce que je refuse de vivre... et je refuse de vivre, parce qu'il y a une femme qui re-

fuse de m'aimer, et cette femme, c'est Blanche
de Saint-Simon... Ainsi, pas un mot de plus.
C'est dit, je mourrai.

JEAN KELLER.

Je ne comprends pas, car c'est de l'amour,
et je suis un vieillard.

LE SIRE ROBERT.

L'amour de Blanche, c'était ma vie; l'a-
mour de Blanche s'en est allé, ma vie s'en
va... voilà tout.

JEAN KELLER.

Adieu donc, mon pauvre ami.

LE SIRE ROBERT.

Mon père, avant de partir, vous pouvez
faire pour moi plus que vous ne disiez tout à
l'heure, vous pouvez me dire : je te pardonne!
et si vous me le dites, je sens que cela me
fera du bien pour mourir...

JEAN KELLER.

Je vais te dire ce que Dieu te dira bientôt :
« Jeune homme, tu avais une grande passion
» dans le cœur, et tu pleurais dans l'ombre;
» mais, tout d'un coup cette passion est
» montée de ton cœur dans ta tête, et tu as
» commis un crime..... donc, je te par-
» donne! »

LE SIRE ROBERT.

Ah, merci..... merci...

JEAN KELLER.

Et maintenant, embrassons-nous, mon
fils. Adieu... et ce n'est pas pour long-temps,
dàns quelque jours j'irai où tu vas, peut-
être.

LE SIRE ROBERT.

Oh! si je n'allais pas où il va!... car il va au
ciel, et il a dit : peut-être!

SCÈNE IV.

LE SIRE ROBERT.

Le sire Robert s'assied contre une colonne, et appuie sa tête sur sa main. Dès les premières paroles, Blanche entre, écoute, et s'approche peu à peu.

Allons, c'en est fait, et je n'ai plus qu'à attendre le bourreau.... Je l'attendrai. Jusqu'à présent j'ai été au devant de la vie, que la mort vienne au devant de moi!... Ah! que je la recevrais avec joie, si auparavant j'avais le pardon de Blanche!... Mais non... le duc de Bourgogne ira trop vite, Blanche n'aura pas le temps d'oublier... et je mourrai sans le pardon de Blanche.... Et quand je passerai sous sa fenêtre, serré entre deux moines et précédé par le bourreau rouge, elle me montrera du doigt et dira : « Voilà un meurtrier qui passe! » Oh! c'est là une terrible parole

à emporter pour l'échafaud !... Et on a dit
que le plus horrible, c'était de mourir... Ah !
le plus horrible c'est de vivre avec une oreille
qui écoute, une tête qui comprend, et un
cœur qui souffre tout ce que la tête a compris !. . . . . *Meurtrier...* Voilà un
mot qui ne remue rien dans ma conscience,
et je me demande si, en disant cela, je ne
parle pas d'un autre. Est-il bien vrai que
c'est moi qui ai commis le meurtre ? Oui...
car voilà la prison et je suis le prisonnier......
Eh bien !... je veux jeter un regard sur ma vie
avant de la quitter ; peut-être verrai-je comment l'on arrive dans ce monde ignorant et
juste pour en sortir instruit et coupable, et
si c'est un grand pas que fait l'homme lorsqu'il sort de la route pour entrer dans le
crime !..... Ah ! c'est une heure solennelle que
la dernière heure de la vie... Déjà je sens mon
amour circuler moins lentement dans mes
veines, je sens que je deviens froid du froid
de la tombe, et qu'il est temps enfin de faire
passer devant mes yeux tous les jours de ma
jeunesse pour les préparer à subir le regard

de Dieu!. . . . .

. . . .

..... J'ai trente ans.....J'aurai eu trente ans! Il
y en a vingt que mon père m'a fait venir à
son lit de mort. J'entrai sous sa tente, car le
lit de mort c'était le champ de bataille! Mon
père m'a embrassé à travers sa barbe et il m'a
dit : « Je meurs pour mon seigneur et mon
» maître le duc de Bourgogne; va le lui dire,
» il te mettra à côté de son fils; et toi, quand
» le temps sera venu, fais aussi entrer ton fils
» sous ta tente et dis-lui : Mon fils, je meurs
» pour mon seigneur et maître le duc de
» Bourgogne! » .... Voilà ce que m'a dit
mon père, et moi je suis venu comme mon
père m'a dit... C'était à la cour!... Là j'ai détesté tout haut les seigneurs, et les seigneurs
m'ont détesté tout bas. J'ai fait alors quelques bonnes choses pour le peuple, dont le
peuple ne se souvient plus. J'ai bien aussi
sauvé la vie du duc de Bourgogne à Montlhéry, mais de cela il n'en faut pas parler... Ce
sont de ces dettes que les ducs ont l'habitude
de mettre au compte du bourreau... J'étais à

peine guéri de ma blessure de Montlhéri,
lorsque Louis XI m'a proposé ma liberté pour
un crime... Il fallait assassiner son frère... Et
comme j'ai dit : *Non*, il m'a répondu par dix
années d'agonie dans la tour d'Usson... Enfin
je sortis de mon tombeau , je revins à la cour
de Bourgogne et j'y trouvai Blanche de Saint-
Simon !... Oh! comme cela fait du bien de
pleurer !... Et comme Blanche de Saint-Simon
était belle , et comme elle était bonne , moi
je me suis mis à aimer Blanche de Saint-Simon ; et le jour qu'en examinant mon cœur
je trouvai que désormais je ne pouvais plus
vivre sans Blanche... ce jour-là, Blanche se
maria à un autre !... On dit qu'en ce temps-là
je fus nommé gouverneur de Péronne ; oh ! je
ne me souviens pas de cela... Mais je me souviens qu'un jour Blanche arriva pour demeu-
rer dans ce château... là... sous mes yeux !...
elle et lui !... ensemble ! Le jour où je les vis,
j'allais mourir, peut-être ; eh bien , je me sentis revivre , mais de jalousie, de rage , de désespoir... Chaque jour j'étais un homme plus
mauvais que la veille... Et un jour que j'étais

bien mauvais, Jean Roc arriva, me dit un
mot... un seul mot : Blanche sera libre !... Et
à peine avais-je fait un signe de tête que
Blanche était libre... Mais il paraît que pour
cela il avait fallu tuer un homme.... Entre le
sire Robert aimant et vertueux et l'infâme
criminel qu'on va tuer tout à l'heure à la
lueur des torches, il y eut, quoi ? un mot et
le temps que dure un éclair ! Ah ! je me
suis repenti, j'ai pleuré, j'ai voulu revenir ;
mais non, ils ont dit qu'il *était trop tard.* Ma
tête avait fait un signe, mes pieds avaient fait
un pas !... Ah ! j'oubliais ; j'ai aussi voulu tuer
Louis XI. Mais c'est Louis XI que j'ai voulu
tuer, mais je ne voulais pas le tuer pendant dix
ans, moi ; et si c'est un crime... le lendemain
vingt millions d'hommes auraient crié : Merci !.......... Après cela ils m'ont enfermé sous
ces voûtes... Oh ! j'ai froid !... Là j'ai fait le
compte de tous ceux à qui j'ai fait du bien.....
Personne n'est venu... J'ai fait le compte des
seigneurs de Bourgogne, et j'ai trouvé que
leur maître rumine en ce moment la manière
dont il me tuera tout à l'heure, sans se rou-

gir les mains.... Pour les autres,.... personne
n'est venu,.... personne.... Ah! si,... si, un
homme est venu, et c'était un étranger... Oh!
Blanche n'est pas venue, elle!..... Voilà donc
mes trente ans, après ces trente ans une heure,.... et après cette heure une tombe..... Et
personne ne viendra visiter ma tombe....
Qu'ai-je dit?... je n'aurai pas de tombe, et si
l'étranger vient,... oui, seulement l'étranger,.... il ne reconnaîtra la terre où je serai
qu'à l'empreinte des pas du bourreau!....

Blanche se met à deux genoux.

Quoi! en souvenir de mes bonnes actions
d'autrefois, je n'aurai pas une larme,... pas
une prière? Non, car le crime est venu après
les bonnes actions, et tout est oublié, excepté
le crime..... Une larme! qui la répandrait?....
Une prière! quelle voix la dirait?... Oh! c'est
cela qui est affreux, de penser que pas une
voix ne dira : Robert, je prie pour toi!

BLANCHE.

Robert, je prie pour toi!...

16

LE SIRE ROBERT.

Blanche!.... ah! je vous remercie, ô mon
Dieu, vous m'avez donc pardonné!

BLANCHE.

Oui, Dieu t'a pardonné, puisque je te pardonne!.. j'ai eu pitié... non, non, j'ai eu de
l'amour... viens, viens... que je t'aime, et
puis que je meure avec toi.

Elle se jette dans ses bras.

LE SIRE ROBERT.

Un instant... un instant..... je ne puis plus
parler..... oh! voilà un rêve délicieux!.... mais
ce n'est qu'un rêve, n'est-ce pas?... car
Jacques de Wilde, il est bien vrai qu'on l'a
tué dans sa prison, et que c'est moi qui...

BLANCHE, mettant sa main sur la bouche du sire Robert.

Tais-toi! tais-toi!.. ne dis rien... c'est tout...
c'est tout!.... je puis bien te pardonner, puisque tu vas mourir... Si c'est un crime, eh

bien, ce sera un crime pour nous deux...
Robert, on doit être moins puni à deux pour
un crime... Écoute, je ne suis pas assez forte
pour continuer ma haine. Je l'ai bien pleuré,
lui que je n'aimais pas, lui qui est mort... lui
qui ne souffre plus... je peux bien te pleurer,
toi que j'aime, toi qui souffres, toi qui vas
mourir? Va, je me suis bien trompée, et c'é-
tait une fièvre, voilà tout; je me croyais inspirée, je croyais parler au nom de la vengeance divine; je me croyais une sainte...
ah! je suis une femme, une faible et pauvre
femme qui vient pour t'aimer... pour être ta
femme pour ta vie : mourons ensemble!

LE SIRE ROBERT.

Mourir? toi! non... non, je ne veux pas
cela... tu m'aimes et tu mourrais, et je mourrais !.. non, je ne veux plus mourir; je veux
ma grâce... je me mettrai à deux genoux, et
je dirai... sais-tu comment je dirai ?.. écoute,
et dis-moi si c'est bien comme cela : « Monseigneur, un jour mon père est mort pour
votre père, et nous sommes les deux fils, et

16.

l'un des deux fils ne voudra pas tuer l'autre,
n'est-ce pas ?..

BLANCHE.

Et s'il ne fait pas grâce?

LE SIRE ROBERT.

Oh! maintenant que tu m'aimes, ils n'ose-
ront pas me faire mourir... Qu'est-ce qui oserait tuer le bien aimé de Blanche? car je suis
ton bien-aimé, n'est-ce pas? mais, ne réponds pas !.. ne réponds pas ! car, si tu disais :
non... je me réveillerais !

BLANCHE.

Je t'aime, et si tu me demandes pourquoi,
je te dirai : je t'aime !

On entend du bruit derrière le rideau rouge du fond.

LE SIRE ROBERT.

As-tu entendu ?.. Ils viennent... Blanche,
va-t'en... va-t'en... Adieu !

BLANCHE.

Au nom du ciel, Robert, je t'ordonne de m'obéir. Rentre dans cette salle... va , ne crains rien, je ne veux pas dire une parole contre ton honneur. Si c'est le duc de Bourgogne , je me tairai, et si c'est le bourreau , je me jetterai à ses pieds : qui sait ? j'attendrirai peut-être le bourreau !

LE SIRE ROBERT.

Moi , te laisser seule ?

BLANCHE.

Je le veux !

LE SIRE ROBERT, sur le seuil de la porte où il est poussé par Blanche.

Blanche , je dois t'obéir en aveugle, car, tout à l'heure tu étais mon juge, et mainte-nant tu es mon ange ; si tu étais une femme,

je garderais ta porte... tu es un ange, puisque
tu vas garder la mienne !

Il entre. Le Glorieux soulève le rideau du fond, et paraît. Blanche
se tient cachée dans le seuil de la porte du sire Robert.

SCÈNE V.

BLANCHE. LE GLORIEUX.

LE GLORIEUX.

Enfin, j'étais parvenu à pénétrer dans la
chapelle. Je venais avec un poignard, car je
voulais le tuer, lui qu'elle aime ; mais en
passant près de l'autel, le silence et la nuit
me remplirent d'une sainte terreur... je crus
voir l'ombre de ma mère étendre ses bras
sur ma tête, comme pour me maudire... je
tombai à deux genoux... je tremblai... je
priai, et le poignard me tomba des mains...
Oh ! que cette prière m'a fait du bien ! voilà
que je me sens vivre de ma vie d'autrefois,

et il arrive à mon cœur des émotions qui
me rappellent les jours purs de ma jeunesse...
car j'étais vertueux aussi lorsque j'avais ma
mère !.... l'air de cour m'avait rendu malade,
le contact de Jean Roc m'avait empoisonné...
j'aimais Blanche... ah! je l'aime encore, mais
tout à l'heure je l'aimais pour moi; j'ai prié...
et je l'aime pour elle; je l'aimais à travers un
crime; j'ai prié... et je l'aime à travers une
belle action... car je le sauverai!.. oui, je le
sauverai... c'est une idée du ciel... une idée
qui planait dans l'air autour de l'autel de
Dieu, et que ma bouche a respirée lorsqu'elle
priait!... je me suis dit : Puisque mon corps
est difforme, faisons mon âme bien belle
peut-être aimera-t-on l'âme du fou, et le fou
à cause de son âme... peut-être aussi le duc
de Bourgogne fera-t-il grâce lorsqu'il verra
que le sire Robert s'est changé en un pauvre
fou; et s'il ne fait pas grâce, le pauvre fou
mourra... et qui sait? quand il sera mort,
peut-être se mettra-t-on à pleurer le pauvre
fou, et ils diront : Vous savez bien ce bouffon
de cour, ce pantin ducal, ce hochet vivant

si laid, si méchant, si difforme? eh bien,
une nuit il s'est glissé dans la prison où se
trouvait son plus grand ennemi, et alors.....
il a sauvé la vie à son plus grand ennemi!....

Je sauverai le sire Robert!...

BLANCHE, accourant.

Sauver le sire Robert! oh! Blanche aimera
de tout son cœur celui qui sauvera le sire
Robert!... ,

LE GLORIEUX.

Et si c'est moi qui le sauve,... moi qui suis
le fou?

BLANCHE.

Oh! je vous aimerai.

LE GLORIEUX.

C'est ce que je me suis dit, Blanche, que
vous m'aimeriez si je sauvais l'autre..... Eh
bien, je le sauverai et je vous le donnerai
pour que vous m'aimiez, Blanche!

BLANCHE.

Et moi qui avais compris que vous veniez
pour le tuer!... Pardonnez-moi,... pardonnez-moi!..... Oui,..... je vous aimerai; vous
n'aurez pas mon amour, vous savez bien que
j'aime Robert, mais vous aurez l'amitié de
Blanche..... Blanche sera votre amie, entendez-vous? Allez, ne pensez pas que cela n'est
rien que l'amitié : tenez, on aime un homme
d'amour, et l'on ne sait seulement pas pourquoi on l'aime; moi, je ne sais pas pourquoi
j'aime Robert; mais vous, cela sera bien plus
beau, car je saurai bien pourquoi je vous aimerai, et je dirai aux autres : Celui-là je
l'aime parce qu'il a fait une grande et belle
chose!... Dites, n'est-ce pas que l'amitié est
plus belle que l'amour ?

LE GLORIEUX, avec amertume.

Je sauverai le sire Robert.

BLANCHE.

Et puis, le soir, quand nous serons tous

ensemble réunis autour du foyer, pendant que les autres riront avec bruit, moi je me tournerai de votre côté, et nous parlerons tout bas : je vous dirai mon bonheur;... ou bien, si j'ai quelque peine, c'est à vous que je la conterai, car c'est ainsi que l'on fait à un ami, n'est-ce pas?

LE GLORIEUX.

Blanche, je sauverai le sire Robert.

LE SIRE ROBERT, arrivant brusquement.

Toi me sauver! Voilà sans doute un piége infâme! Malheureux! oserais-tu bien répéter cela devant le sire Robert?

LE GLORIEUX.

Blanche, je sauverai le sire Robert.

LE SIRE ROBERT.

Eh quoi! penses-tu que j'ai oublié?

LE GLORIEUX.

Vous n'avez pas oublié? tant mieux, car alors vous vous souviendrez peut-être de ce que je fais pour vous.... Mais non, je ne vous demande rien, pas même un souvenir, car ce n'est pas pour vous, c'est pour Blanche!... Prenez mon manteau, prenez cette marotte; vous n'aurez qu'à en faire sonner les grelots sur votre tête, et les archers croiront que c'est le fou... Entendez-vous le cor?...

BLANCHE.

Oui, le cor!... le cor!...

LE GLORIEUX.

C'est le duc, c'est la mort! Pour moi c'est la grâce..... Partez. Vous hésitez?..... Sire Robert, regardez un peu dans mes yeux,... ai-je le regard d'un traître?

LE SIRE ROBERT.

Et tu dis qu'il ne te fera pas mourir?

LE GLORIEUX.

J'aurai ma grâce... Puisque je vous dis que j'aurai ma grâce, partez !... partez !...

LE SIRE ROBERT.

Eh bien, oui, je pars;... et si tu es un traître,.... il y a un Dieu !

LE GLORIEUX.

Et en ce moment il juge le pauvre fou... Mais partez, vous dis-je, car il y a aussi un duc de Bourgogne !

LE SIRE ROBERT.

Adieu donc, et si loin qu'il soit chassé par la fortune, tous les soirs l'exilé dira ton nom.

LE GLORIEUX.

Blanche de Saint-Simon, un fou cela n'est pas un hochet, un fou c'est un homme. Blanche de Saint-Simon, je sauve le sire Robert, et je vous le donne !

BLANCHE.

Merci, et je vous aime.

LE SIRE ROBERT et BLANCHE.

Adieu....

JEAN KELLER.

Sire Robert, je viens vous assister à votre dernière heure,... car voici venir le duc de Bourgogne.

LE GLORIEUX.

Il ne meurt pas,.... il se sauve..... Vite, Blanche, emmenez-le,... c'est moi qui reste à sa place...

Blanche et le sire Robert descendent le grand escalier.

JEAN KELLER à LE GLORIEUX.

Ton dévoûment ne m'étonne pas ;.... en te voyant, Jean Keller a dit : Voici un fou qui vaut mieux que son maître... Et maintenant je te dis : Tu iras dans le ciel à côté de Dieu, pauvre fou de Bourgogne !

SIRE ROBERT, revenant avec BLANCHE.

Il est trop tard!...

BLANCHE.

Ils sont sur l'escalier. Sauvez-le,.... sauvez-le...

LE SIRE ROBERT.

Oh! si j'avais une épée?

BLANCHE.

Robert, nous sommes deux pour mourir!

LE GLORIEUX.

Et moi donc?

JEAN KELLER.

Robert, viens avec moi derrière ce rideau;
dès qu'ils seront entrés nous sortirons.... Je
marcherai devant toi, et si l'on nous arrête,
je montrerai ma tête blanche et je dirai : Eh,
laissez donc passer mon fils!...

LE GLORIEUX.

Bien ! Blanche restera ,.... et je me cacherai derrière Blanche, et ils me prendront pour le sire Robert !

BLANCHE.

Oui, je resterai. Va, Robert, ne crains rien, car maintenant je t'aime, et maintenant c'est toujours !

Le sire Robert et Jean Keller se cachent derrière le rideau rouge.

Les voilà !... O mon Dieu, sauvez-le et que je meure !

LE GLORIEUX.

Silence !....... Cachez - moi derrière votre robe,... et quelles que soient leurs paroles, Blanche, souvenez-vous que je suis le sire Robert.....

BLANCHE.

Ah ! ils vont me voir trembler !...

SCÈNE VI.

Les deux cours. LOUIS XI. Le duc de BOURGOGNE. Bannières déployées avec le mot : LIÉGE !.... Douze chevaliers
noirs portent des torches. Le prévôt l'Escoutéte est flanqué
de ses deux bourreaux appuyés sur leur hache et habillés de
hoquetons rouges. Les cardinaux entourent le roi, et trois
pages de Bourgogne tiennent sur des coussins les houreaux de
guerre, les éperons d'or du duc et sa grande épée de bataille.
Le chancelier est aussi accompagné de deux pages portant
les sceaux de Bourgogne. Hommes du peuple.

LE DUC à LOUIS XI.

Monsieur le roi, avant de partir pour Liége
j'ai voulu vous faire assister à ma justice solennelle, car c'est en présence de votre cour
qu'une femme, déshonorée par un meurtrier,
est venue se jeter à mes pieds en criant le mot
pour lequel nous sommes assemblés : Justice !... Blanche de Saint-Simon, n'est-ce pas

17

le sire Robert que vous cachez là-bas derrière votre robe ?

BLANCHE, regardant fixement le rideau rouge.

Oui,... oui,... monseigneur. (*Bas.*) Il n'est
pas encore parti !

LE DUC.

Écoutez tous, nobles chevaliers, hommes
d'armes et manans... une femme a été déshonorée par un meurtrier ;... cette femme, c'est
Blanche de Saint-Simon, et il s'est trouvé que
le meurtrier c'était notre gouverneur de Péronne. Cette femme a fait appel à notre justice, car elle savait bien qu'il n'est pas de
seigneur si élevé que notre main ne puisse
atteindre sa tête..... Écoutez tous ! voici que
notre justice commence.

Nous ordonnons que le sire Robert donne
la main à Blanche de Saint-Simon et la conduise à l'autel pour recevoir avec elle la bénédiction nuptiale...... Cardinal, voici les deux
époux ; bénissez-les !

LE POPULAIRE.

Vive le duc de Bourgogne ! vive notre bon
gouverneur le sire Robert !

Le rideau du fond s'ouvre et laisse voir une chapelle gothique illuminée. L'encens brûle , et une douce et confuse musique d'orgue se
fait continuellement entendre pendant la cérémonie. Le peuple entre
en masse et va s'agenouiller sur les deux côtés de la chapelle, où le
cardinal officiant est assisté par trois autres cardinaux portant la
croix rouge de Bourgogne sur leur robe d'écarlate.

Un des cardinaux va chercher Blanche et Le Glorieux.

BLANCHE.

Ce n'est pas lui !.... ce n'est pas Robert !....
c'est le fou ! Monseigneur, monseigneur, on
vous trompait... Pitié ! pitié !... c'est le fou !
c'est le fou !

LE GLORIEUX, amèrement.

Déjà, Blanche ! Dieu fasse que vous ne
m'ayez pas renié trop vite !...

17.

LE DUC, d'une voix éclatante.

Mais par saint Georges! où est donc le sire Robert?

JEAN KELLER, l'amenant.

Le voici!... le voici! Mon fils, quelque chose me disait que je te sauverais la vie!

LE SIRE ROBERT au DUC.

Vous faites une grande et belle justice, monseigneur; le bourreau tue l'homme, mais la clémence tue le crime!...... Chaque jour de ma vie sera un jour pour vous, monseigneur.

LE DUC.

Tout à l'heure,... tout à l'heure, je n'ai pas fini encore. Allez au pied de l'autel, sire Robert, et priez Dieu qu'il efface du front de cette femme la tache que votre bouche y a imprimée.

BLANCHE.

Je lui ai pardonné, monseigneur; ne lui
dites pas de dures paroles; oh! je lui ai pardonné!

LE DUC.

A l'autel, madame!

Ils vont tous à l'autel, et à l'instant toutes les cloches de Péronne
se font entendre dans le lointain, et mêlent leur son à la musique de
l'orgue.

LE GLORIEUX, resté seul, s'appuye contre un pilier.

Ah! c'est maintenant qu'il me faut toutes
mes forces. Et je sens qu'il m'aurait été plus
facile de mourir que de les voir... Mais non,
je ne veux pas les voir...... Du courage! du
courage, pauvre fou, tu quittes l'amour, le
bonheur, la vie; mais encore un pas et tu arrives à l'éternité..... Non, il ne faut pas que
je les voie!...

Il cache sa figure dans ses deux mains.

SCÈNE VII.

LE GLORIEUX. JEAN ROC.

JEAN ROC.

Eh bien, camarade! quel est ce bruit ?....
on dit qu'ils se marient... mais toi.... toi, que
fais-tu donc ? ah, ah, ah, ah !....

LE GLORIEUX.

Quoi ! tu vis encore, Jean Roc ? Où est donc
la justice divine ? et si elle est ici, que fait-
elle, puisque Jean Roc vient la braver ?

JEAN ROC.

La justice divine ?.... tiens, regarde... n'est-

ce pas elle qu'on voit là-bas au fond de la
chapelle, et qui marie celle que tu aimes à
celui que tu n'aimes pas... ah, ah, ah, ah!....

LE GLORIEUX.

Ecoute, et tais-toi, car c'est la voix de
Dieu qui parle là-bas...

JEAN ROC.

Oui, qui parle à Blanche de Saint-Simon et
à son bien-aimé, le sire Robert.

LE GLORIEUX.

Tais-toi! tais-toi!.... tais-toi!

JEAN ROC.

Tu disais : Je veux cette femme, il faut que
cette femme descende jusqu'à moi ; tu disais
cela, et maintenant voilà qu'on te la prend,
voilà qu'on la donne à un autre, mais là...
là... sous tes yeux... et j'ai beau regarder à
tes mains, je n'y vois point de poignard!..

LE GLORIEUX.

Mon poignard je ne l'ai plus, et c'est le ciel
qui l'a voulu, car c'est sur cet autel même
que je l'ai laissé tomber.....

JEAN ROC.

Frère, veux-tu que je te prête le mien?

LE GLORIEUX.

Va-t'en !.... il y a un crime dans chacune
de tes paroles !...

JEAN ROC.

Ah ! c'est ainsi que tu traites un ancien camarade ! tu oublies tout, Le Glorieux, la
prison, Tristan, ton ancien maître, Jacques
de Wilde... tu oublies tout... c'est bien, un
pied dans la vertu, et l'autre dans l'ingratitude !.... mais écoute donc, comme cette musique est douce, et Blanche ! regarde comme
elle est belle.

LE GLORIEUX.

Non, je ne veux pas la voir... ô mon Dieu,
ne m'abandonne [pas !

JEAN ROC.

Si j'avais su cela, que tu devais donner
Blanche de Saint-Simon à un autre, je l'aurais
aimée, moi, et je t'aurais dit : Camarade,
donne-moi Blanche de Saint-Simon.

LE GLORIEUX.

Jean Roc, par pitié, tais-toi... tu me fais
mourir.

JEAN ROC.

Silence !.. voici que le prêtre rouge impose
les mains aux deux époux...

LE GLORIEUX.

Ah !........

JEAN ROC.

En vérité, voilà une musique qui me ferait
comprendre l'amour... Oh ! que Blanche de
Saint-Simon est belle sous la lueur des torches
et sous la bénédiction du prêtre !.. et le prêtre,
il est moins aveugle que toi, pauvre fou ;

comme il la regarde!.. je suis sûr qu'à travers sa prière, il dit aussi : oh! qu'elle est belle!

LE GLORIEUX.

Donne-moi ton poignard.....

JEAN ROC.

Eh! que veux-tu en faire ?

LE GLORIEUX.

Te tuer, misérable, et avec toi l'infâme pensée que ta bouche souffle dans toutes mes veines !

JEAN ROC.

Ah, ah, ah, ah, ah!.... C'est moi que tu voudrais tuer à présent!.. non pas, le bon-homme Jean ne veut pas mourir ainsi... qui sait?.. il aura peut-être Blanche, lui!...... Allons, adieu, il faut te laisser dans ta joie, misérable bouffon, car voici venir Blanche de Saint-Simon avec son noble époux, monseigneur le sire Robert, ah, ah, ah, ah!....

LE GLORIEUX.

Va!.. et si Dieu regarde en bas, tu n'iras pas loin!....

JEAN ROC.

Je m'arrangerai avec lui pour qu'il regarde en haut!....

Il sort.

La foule revient de la chapelle.

SCÈNE VIII.

LE DUC.

Maintenant que vous voilà fiancés, venez
tous les deux à cette table.... Sire Robert,
voici un parchemin qu'il faut signer... ce
sont les conditions des fiançailles... il peut
se faire que vous mouriez avant Blanche,
n'est-ce pas, sire Robert? alors vous voulez
bien lui laisser tous votre nom en même
temps que vos biens et l'honneur?

LE SIRE ROBERT.

Ah! oui, monseigneur, et c'est moi qui lui
redevrai beaucoup.

LE DUC.

Je m'en doutais, que vous diriez oui... signez
donc.

LE SIRE ROBERT.

Monseigneur, je signe, mais c'est trop...
c'est trop tout d'un coup; vous me faites
vivre trop vite!...

LE DUC.

On ne vit jamais trop vite, sire Robert.
Voulez-vous signer, Blanche de Saint-Simon?

BLANCHE.

Ah! que je voudrais bien signer aussi le
serment de mourir pour vous, monseigneur!

LE DUC.

Monsieur le roi, voulez-vous pas mettre
votre nom de France au bas de ce parchemin
de Bourgogne?

LOUIS XI.

Je vous admire, mon frère, et je remercie
Notre-Dame d'avoir permis que le nom du

roi de France demeurât à la postérité à côté
d'une aussi belle justice (*bas*).... Oh! ma
vengeance, où es-tu?..

LE DUC, avec une grande énergie.

Oui, c'est votre justice en effet, monsieur
de France, mais écoutez tous, car voici celle
du duc de Bourgogne!...... Maintenant qu'il a
été fait solennelle réparation à l'honneur de
cette femme, j'ordonne à mon bourreau de
prendre le meurtrier que voici, de le traîner
en prison jusqu'à la place où il verra du sang
et un cadavre, et là de le tuer de douze coups
de poignard, comme on a fait pour Jacques
de Wilde, et qu'on mette les deux cadavres
dans le même linceul et dans la même fosse,
afin que la victime conduise elle-même l'assassin devant Dieu!..

BLANCHE.

Ah!...

LE DUC.

Allez et faites vite; je veux que la coule-

vrine de la tourelle annonce d'un seul coup
à toute l'armée le départ pour Liége, la ville
des traîtres, et la mort du chevalier déloyal
qui va paraître devant son juge.

LE SIRE ROBERT, que les bourreaux emmènent.

Duc de Bourgogne! je me souviens de
Montlhéri et je te dis : merci!... Blanche,
adieu!

BLANCHE.

Oui à Dieu!

JEAN KELLER.

Oh! voilà une abominable chose!...

LE GLORIEUX.

Blanche, je vous l'avais dit que c'était trop
vite... si vous aviez pu donner votre main au
fou pendant une minute, le fou aurait eu le
temps de mourir pour vous!... Et maintenant
il ira où vous irez, Blanche.

BLANCHE.

Tout-à-l'heure.

LE DUC.

Silence ! vous tous pour entendre le signal !.. monsieur le roi, écoutez bien la grande voix qui va vous dire comment finissent les traîtres !...

Blanche et Le Glorieux sont à genoux.

JEAN KELLER, s'agenouillant aussi.

Oui, mes enfans, à deux genoux, et prions pour un martyr !

Le peuple s'agenouille, les seigneurs restent debout.

LE DUC.

Jean Keller, faites aussi une prière pour Liége...

JEAN KELLER.

Et une pour vous, monseigneur !..

Silence de terreur. Louis XI rit en montrant les dents.

Coup de coulevrine qui ébranle les vitraux de la chapelle.

BLANCHE.

Robert, me voilà... je vais te rejoindre!..

LE GLORIEUX.

Le fou va où vous allez, Blanche!

Il suit Blanche qui va au grand escalier.

LE DUC.

Voilà ma justice, monsieur le roi!...

LOUIS XI, à demi-voix.

Qui la fera à ce traître de Bourgogne?

JEAN KELLER, au roi.

Les Suisses.

LE DUC.

Qui fera justice à ce traître de France?

JEAN KELLER, au duc.

Dieu!

Deux cris se font entendre sur l'escalier. Jean Keller y court.

18

LE DUC.

Descendons tous pour Liége.

JEAN KELLER

L'arrête au grand escalier et lui dit d'une voix terrible :

Prends garde de tomber, meurtrier, il y a deux cadavres à descendre !....

ARRIÈRE-PENSÉE MORALE.

Dans le harem, ce n'est point aux vertus méritoires mais à l'impuissance que le sultan donne ses femmes à garder.

Helvétius.

Sais-tu bien, Lorenzo, qu'en t'écrivant, je pleure comme un enfant.... Si quelquefois j'ai rencontré une personne vertueuse, j'ai dû toujours pleurer sur ses misères !

Foscolo. Jacopo Ortis.

L'humanité gémit à la naissance d'un conquérant, et elle n'a pour consolation que l'espérance de sourire un jour sur le bord de sa fosse.

Foscolo.

O mon Dieu, qui, seul, ne juges pas l'homme d'après ses actions, parce que rarement elles sont ses actions....

Lessing. Nathan le Sage.

Les hommes sont des fous ou des enfans contre lesquels il est difficile de se fâcher.

Démocrite.

ARRIÈRE-PENSÉE MORALE.

Il n'y a pas d'hommes criminels, il n'y a que des hommes malades, donc chassez le geôlier et appelez le médecin.

ANTONY THOURET.

Prison de St.-Waast, insomnie du 25 février 1835.

LE DUC DE BOURGOGNE.

Charles, duc de Bourgogne, fils de Philippe le Bon, naquit à Dijon le 10 novembre 1433.

Ce fut l'un des plus belliqueux princes du monde, ou, en d'autres termes, le plus grand tueur d'hommes de son siècle, une de ces grandes têtes dont l'auréole ne brille qu'à travers la fumée du sang!

Sous le nom de comte de Charolais il se rendit d'abord célèbre comme principal chef de la ligue *du bien public*, c'est-à-dire *ligue du bien seigneurial*, et appelée plus tard *ligue du mal public*.

Pendant les dernières années du règne de son père le comte de Charolais disait tout haut : qu'une fois monté au trône ducal de Bourgogne il jetterait au loin le sceptre dé-

bonnaire de Philippe le Bon pour faire bril-
ler au soleil la grande épée de Philippe le
Hardi; or, voici comme il débuta.

En juin 1465 il jette au loin le sceptre débonnaire de Philippe le Bon, tire la grande
épée et fait son entrée dans *sa bonne ville de
Gand.*

C'était le jour de la fête de monsieur saint
Liévin dont le corps est processionnellement
porté dans une châsse par la grande corporation *des fous.*

La procession des fous est rencontrée par
le duc qui lève son épée, et la fait arrêter
pour la traverser orgueilleusement sur son
destrier caparaçonné de pierreries et de son-
nettes.

Les fous s'arrêtent. « A genoux quand votre
seigneur passe! » s'écrie le duc. Les fous se
mettent à genoux; mais bientôt les fous se
relèvent; à un signal donné ils sont, comme
par enchantement, revêtus de haubergeons [1] et armés de piques. Les cloches

---

[1] Les Gantois avaient été désarmés peu de temps auparavant. Ils avaient bien encore des épées et quelques
piques, mais ils n'avaient pas un seul haubergeon; on fit
des lames de plomb percées de trous pour y passer des fi-
celles; ces lames ainsi séparées se trouvaient à l'étalage

sonnent, la grande sédition commence, et
en moins d'une heure il y a *quarante mille
fous* devant l'hôtel du duc.

Celui-ci y arrive en même temps, et frappe
de son bâton un bourgeois qui ne se range
pas assez vite, et le vieux sire de la Gruthuse
est obligé de s'écrier : « Monseigneur, si vous
avez envie de mourir, moi je n'en ai nul dé-
sir! » Le duc est pourpre de colère; ses dents
claquent, et il serre si violemment ses poings
que ses ongles entrent dans sa chair et que
le sang coule sur son armure d'acier [1].

La rumeur redouble; les Gantois veulent
que monsieur le duc donne un peu d'air à
leurs libertés étouffées depuis quinze ans
sous le manteau ducal; il n'y a qu'un cri
d'indignation contre *la cueillotte*, infâme gabelle sur le blé. Charles le Téméraire est
obligé de monter au célèbre balcon d'où les

de toutes les boutiques sans que l'on pût en soupçonner l'usage. Au moment de la sédition, les révoltés s'en
emparèrent et en une minute s'attachèrent sur la poitrine un vêtement de plomb. Ce travail dura huit jours,
il y eut 40,000 complices et pas un traître !

[1] Tous les chroniqueurs du temps remarquent que
Charles le Téméraire portait les ongles plus longs qu'aucune personne de sa cour.

ducs de Bourgogne ont l'habitude de ha-
ranguer le peuple. Il va parler, c'est-à-dire
faire des promesses, c'est-à-dire faire un long
mensonge ducal, lorsque tout à coup un
homme de Gand, armé de toutes pièces, arrive sur le balcon, se pose fièrement à côté
du duc, et, appuyant tranquillement son
gantelet noir et luisant sur la balustrade de
fer, il harangue lui-même le peuple contre
son seigneur, lequel est obligé de se rendre
à tant de courage et d'audace, et de signer
toutes les conditions [1]!

Nous avons dit tout à l'heure que le duc
Charles de Bourgogne a été le plus grand
tueur d'hommes de son siècle; maintenant,
voici quelques faits pris au hasard entre mille
pour prouver ce que nous avons avancé, en
attendant que nous racontions, pour la le-
çon des conquérans, de quelle manière le
grand tueur a été tué lui-même!

---

[1] La fille unique de Charles le Téméraire, Marie de
Bourgogne, âgée de dix ans, étaità cette formidable sédition, enfermée dans l'hôtel de son père, et il est pro-
bable que cette circonstance a empêché le duc de se faire
hacher par morceaux avec tous ses hommes d'armes plutôt que de signer des conditions que plus tard il fit
payer bien cher à *ses bonnes villes de Flandre!*

A peine est-il sorti de la grande sédition
de Gand, qu'il fait entrer en Flandre un héraut d'armes portant l'épée d'une main et la
torche de l'autre. Bruxelles, Malines, Anvers,
sont bientôt soumises. Liége livre trois cents
otages, et à peine ces otages sont-ils arrivés
que le sire de Contay propose en plein conseil de les faire mourir tous!

Le duc en choisit dix et les fait décapiter.
Liége se révolte de nouveau; le duc arrive,
trois cents *riches bourgeois* viennent à pieds
nus et en chemise crier miséricorde pour les
gens de Liége!... Mais le peuple ferme la porte
derrière eux, et le sire de Himbercourt,
croyant entrer dans la ville, trouve porte
close, yeux de feu et mains de fer!

Pendant la nuit l'intrigue circule sur les
places publiques et dans les carrefours; le
parti de la paix triomphe, on ouvre les
portes; mais ce n'est point par une simple et
mesquine porte de bois *qu'un grand homme*,
comme on les appelle, doit faire son entrée
triomphale! Le duc fait démolir vingt brasses
du rempart, et passe par la brèche portant
l'épée nue à la main, ayant par dessus son
armure un manteau couvert de pierreries.
Par son ordre *chaque habitant se tient debout*

*au seuil de sa maison, tête nue et une torche
à la main* [1] !

Disons en passant que plus tard, en 1472,
Louis XI lui ayant repris la Picardie, il entre
à Nesle en Vermandois, fait pendre cinq
cents hommes de l'armée ennemie, leur fait
couper les mains, massacre les habitans sur
les autels, entre à cheval dans l'église, et
s'écrie : « *Voilà qui est beau, j'ai de bons bouchers* [2] ! »

Il faut avoir lu la vie de Loius XI par *Jean
de Serres*, et avoir fermé les poings sur
chaque ligne de cette épouvantable narration
pour oser y croire et dire : Oui cela s'est passé
au quinzième siècle, oui une tête a pensé,
oui, une bouche a dit cela et l'homme n'est
pas tombé foudroyé sous la vengeance du
peuple et sous la justice de Dieu !

Mais revenons au désastre de Liége.

---

[1] Le duc Charles de Bourgogne fait noyer mille ou
douze cents de ces malheureux qui avaient été pris dans
les maisons de Liége et mettre le feu à toute la ville,
hormis *aux églises et à trois cents maisons à tours*
qu'on réserva pour les ecclésiastiques.

MÉZERAY.

[2] Grafton lui prête encore un autre mot. « Manans,
voilà les fruits de l'arbre de la guerre ! »

Le duc de Bourgogne fait décapiter six otages, et le messager de la ville qu'il a en grande haine, abat les remparts et les tours, désarme les habitans, enlève leur or, leurs filles et leurs femmes, prend les bannières des métiers, emmène l'artillerie, étouffe les privilèges, et pour plus grand affront à la ville qui n'a pas eu le courage de se défendre, il emporte la célèbre colonne de cuivre élevée sur des marches de marbre au milieu de la place, et connue sous le nom de *Perron de Liége*. On la transporte à Bruges, et on la couvre d'inscriptions latines et françaises en l'honneur de la victoire de monseigneur Charles [1].

Monseigneur Charles tient le lendemain cour plénière et fait donner à manger à 2,000 pauvres. O munificence ducale qui assure le repas d'un homme! et comme pour se faire payer les frais de ce repas de 2,000 hommes, il impose à l'instant les taxes les plus énormissimes qui aient encore été *taillées* sur le peuple

---

[1] C'est ainsi qu'avant 1830 on lisait sur la porte du grand canal de St.-Quentin creusé par Napoléon : Vive monseigneur le dauphin ! et que sur les ponts de pierre qui traversent la Seine les *NN* couronnés ont été remplacés par les *LL* en croix. *Sic vos non vobis!*

par les rois Charles VI et VII et Louis XI,...
ou plutôt disons que ce dernier était plus
adroit et plus flatteur et qu'il possédait en
maître l'art d'imposer les peuples sans trop
les faire crier.

A l'exemple d'un tel chef, les princes et les
seigneurs ont une conduite infâme et débau-
chée; il semble que la vertu soit pour eux une
étoffe de fantaisie dont ils habillent leur conscience; le fer et le poison, voilà leur justice;
un seul trait en donnera la preuve mieux que
tous les raisonnemens; car, nous le répétons,
c'est par les faits que nous faisons l'histoire.

Le bâtard de la Hamaïde, seigneur de
Condé, jouant à la paume, s'échauffe dans
une querelle. Un chanoine rangé parmi les
spectateurs est appelé pour juger du coup, et
juge que le bâtard a tort. Celui-ci, au sortir
du jeu, ne pouvant assouvir sa vengeance sur
le chanoine qui s'est réfugié dans sa stalle du
chœur, court *le lendemain* chez le frère de ce
religieux, oui, le lendemain, après le repos
de la nuit et avec la fraîcheur du réveil! il
arrive; le frère, éperdu et ignorant ce qu'on
lui veut, se met à deux genoux, tend les mains
et demande grâce, et le bâtard de la Hamaïde
lui abat les deux mains de deux coups de son
épée, et plonge ensuite cette épée dans la

gorge de la victime dont les cris s'éteignent pour jamais dans des flots de sang [1].

C'est à l'époque même où se commettent ces atrocités seigneuriales du moyen âge, que notre duc se marie après fiançailles faites à l'Ecluse par l'évêque de Salisbury, et que se succèdent pendant un mois ces célèbres festins *où l'on joue de superbes entremets* [2] ; pendant ce temps Louis XI se montre en tout le rival du duc de Bourgogne. Tous deux ont leur Tristan [3], leurs potences, leurs oubliettes, et chaque invention de l'un excite la verve sanguinaire de l'autre. Ainsi, à la nouvelle des égorgeades de Nesle, Louis XI invente les noyades dans des sacs de cuir

[1] Voilà comme les folies, les passions, les dissensions et les vengeances des princes s'épanchent à la ruine du pauvre peuple innocent.

L. GOLLUT. Mémoires de Bourgogne.

[2] Ces mêmes *entremets* qui, au quinzième siècle, coûtaient des sommes énormes à monter, se trouvent maintenant chez les restaurateurs de Paris pour 50 centimes, sous le nom de charlotte russe, etc... Nous sommes bien grands et bien petits !

[3] Le Tristan de Bourgogne était le prévôt des maréchaux, nommé l'Escoutête.

avec ces mots : Laissez passer la justice du roi !

Le peuple laissa passer tout cela.

Un roi peut envoyer à Rouen un cadavre par la Seine.

Un enfant ne saurait y envoyer une coquille de noix.

Le cadavre voguera à fleur d'eau et ne sera vu de personne.

La coquille de noix rassemblera sur les bords du fleuve dix mille personnes qui lui jetteront des pierres pour la faire naufrager, et pour faire de grands ronds dans l'eau. Pauvre coquille ! pauvre peuple !

Après l'emprisonnement de Péronne [1], Charles le Téméraire se venge encore cruellement des Liégeois, tue ceux qui se cachent dans les églises et chasse les fugitifs dans les forêts comme des bêtes fauves.

Le duc de Bourgogne ne négligea jamais aucun moyen de rendre son armée formidable, et pour parvenir à ce but il eut une

---

[1] A propos de Péronne, le traité que Louis XI en rapporta à Paris excita tant de murmures qu'on fut obligé de faire *arrêter aux fenêtres* les perroquets, les geais et les pies qui disaient : Paillard ! larron ! Perette, donne-moi à boire ! va, va dehors !

idée qu'on a attribuée plus tard à une célébrité des deux mondes.

Sous le titre de notes, on peut tout dire
sans prétention et sans arrangement pourvu
qu'on soit utile ou curieux; nous dirons donc
que ce n'est pas le général Lafayette qui a
créé la garde nationale en France. Ce fut le
duc Charles de Bourgogne; nous le prou-
vons.

En 1471, il assemble une armée, innom-
brable pour l'époque, 4,000 lances garnies.

Chaque lance garnie a six hommes; trois
archers à cheval, un cranequinier, un cou-
levrinier et un piquier sans parler du coutil-
lier et du page qui peuvent mener à leur suite
des hommes à cheval. Il y a 1,400 chariots
d'artillerie et de munitions; chaque chariot
a deux hommes pour le conduire et deux
pionniers armés d'une salade, d'un Jacque de
maille et d'une masse de fer ou de plomb [1].

Or, le duc de Bourgogne n'aurait jamais pu
rassembler une armée aussi considérable s'il
n'avait pas trouvé le moyen de faire surveil-
ler par les riches bourgeois de Flandre le

---

[1] Il y avait de plus sur chaque chariot un coq enfermé dans sa cage, pour chanter les heures à l'armée.

foyer même de la révolte flamande, qui
brûlait tour-à-tour dans chaque ville. Il in-
stitua donc une armée de *ménagers; chaque
ménager restait dans sa maison et venait à la
revue une fois par mois.* Voilà une institution
qui, sans contredit, a la même origine, le
même but, et jusqu'à cette heure le même ré-
sultat que ceux de la garde nationale de notre
temps. *Nil sub sole novi*[1] !

Viennent maintenant les cruautés com-
mises par le duc au célèbre siège de Beauvais,
et l'immortelle défense de cette cité brave et
désespérée. Les femmes se battent comman-
dées par *Jeanne Hachette*; les femmes, les enfans, les vieillards, apportent les pierres, les
traits, la graisse fondue, l'huile bouillante,
les cendres brûlantes. La porte principale est
sur le point d'être prise, les gens de Beauvais
y mettent vite le feu; pour l'entretenir on
brise les charpentes des maisons, on se presse,
on se foule, chacun apporte son morceau de
bois et descend par le machicoulis ses meu-

---

[1] Je demande bien pardon à la mémoire du général
Lafayette si je lui enlève l'honneur de cette paternité ;
et d'ailleurs, combien de fois, admis dans son intimité,
n'ai-je pas vu le vieux vétéran de la liberté pleurer sur
l'ingratitude de sa fille !

bles les plus précieux; le feu de l'immense
bûcher est entretenu pendant douze heures..
Peu à peu la flamme se ralentit... Les Bourguignons s'élancent en criant à sac ! à sac! le
nuage de fumée s'éclaircit et laisse voir. . . .
. . . . un rempart tout bâti par-derrière [1]!

La fureur de Charles le Téméraire n'épar-
gnait même pas son intimité, et plusieurs
chroniqueurs du temps nous en donnent une
preuve lorsqu'ils appellent le sire Philippe de
Comines, *tête bottée*, à propos d'une botte
que notre duc lui avait lancée à la figure, un
soir qu'il l'avait trouvé couché avant lui au
retour d'une chasse fatigante [2].

La tyrannie du duc de Bourgogne s'accroît
avec son ambition, et à peine se voit-il pos-
sesseur du comté de Ferette, qu'il regarde
comme le dernier degré pour arriver au

---

[1] En 1473 et en considération de cette belle défense,
Louis XI donna un curieux édit qui autorisait les femmes
de Beauvais : à se parer le jour de leurs nopces et quand
bon leur semblerait de tels vêtemens, atours, paremens,
et joyaux, et qu'elles pourront aller à la procession et à
l'offrande avant les hommes au jour et fête de Sainte-
Agadrême.

[2] Comines coucha habituellement dans la chambre
du duc jusqu'au jour où il déserta à Louis XI !

trône d'Allemagne, qu'il envoie comme gouverneur le fameux sire de Hagenbach, qui
par ses cruautés excessives réveille le courage
des montagnards suisses, et devient la première cause de ce grand désastre de Nancy,
où la puissance bourguignonne vint se briser au choc d'un peuple neuf et indomptable.

Orgies, noyades, pendaisons, tortures,
viols à roture aussi bien qu'à noblesse, voilà
la vie du sire de Hagenbach qui disait naïvement : « Je m'amuse de mon mieux avant de
descendre à l'enfer! » Or voici un de ses amu-
semens :

Une nuit, après une fête il renvoie les maris, et fait mettre les femmes toutes nues en
leur laissant seulement la tête couverte. Les
maris rentrent et ceux qui ne reconnaissent
pas leurs femmes sont précipités du haut en
bas de l'escalier! . . . .

Hagenbach écrivait au duc : « Il faudra
écorcher l'ours de Berne et nous en faire une
fourrure! »

L'ours de Berne étouffa dans sa fourrure
Hagenbach et son maître!

Bientôt le duc de Bourgogne livre au roi de
France le connétable de Saint-Pol, qui se croit
en sûreté dans son château de Ham, le plus
inexpugnable qu'il y ait à cette époque. En

vain le connétable écrit-il au duc une lettre
de merci, celui-ci lui fait répondre :

« Dites-lui bien qu'en écrivant cette lettre
il a perdu son papier et son espérance ! »

Le connétable arrive à la Bastille en robe
de velours noir, le chapeau sur les yeux, et
chevauchant sur une mauvaise petite haquenée. Les présidens du parlement viennent l'y
recevoir, prêts à le juger, c'est-à-dire à livrer
sa tête, car Louis XI est là, caché derrière le
parlement !

Un pont de planches est dressé d'une fenêtre de l'Hôtel-de-Ville à la place de Grève.

Le bourreau lève sa large épée, lui coupe la
tête d'un seul coup, la prend par les cheveux
et après l'avoir lavée dans un baquet d'eau,
la montre au peuple. Une complainte faite à
cette occasion, et devenue fort rare, nous
peint d'une manière bien énergique la terreur
que les seigneurs inspiraient jusque dans les
chaumières les plus abritées. On y lit :

« Petits enfans dont guerre occit les pères ,
» Soyez en joie au ventre de vos mères;
» Car par ma mort vous vivrez en repos. ».

En effet sa mort causa une joie universelle;
deux cent mille spectateurs se pressaient sous
l'échafaud, et les femmes se racontaient qu'au-

trefois le connétable, lorsqu'il était encore sous la conduite de son oncle le comte de Ligny, s'amusait à égorger les prisonniers de guerre en forme de passe-temps!...

Pour avoir le connétable en Grève, Louis XI accorda au duc : Saint-Quentin, *les riches domaines du condamné* [1], et l'abandon de son alliance avec les Suisses. Les diplomates français le blamèrent long-temps de ces sacrifices pour une seule tête d'homme, et lui-même dit un jour :

« Nous avons partagé le renard; monsieur de
» Bourgogne a eu la peau qui était riche,
» et moi la chair qui ne valait pas grand
» chose! »

Cependant la grande coalition suisse s'étend de jour en jour, et le taureau d'Uri [2] fait du haut des montagnes un immense appel à tous les cantons. Quelques minutes avant la bataille de Granson, les Suisses sont à ge-

---

[1] Entre un homme qui tue et dépouille sur le grand chemin et un seigneur qui en fait tuer un autre pour avoir *ses riches domaines,* quelle différence y a-t-il ?

[2] Enorme trompe dont le son était porté par le vent à tous les échos des montagnes, et qui faisait trembler sous leur armure d'acier les plus braves chevaliers bourguignons.

noux et le duc s'écrie : Voyez les vilains, ils
viennent pour combattre et déjà ils deman-
dent merci ! Mais voilà que tout-à-coup *les
vilains* se relèvent, et que le duc est emporté
comme un tourbillon dans la déroute de son
armée ; les Bourguignons combattaient pour
un maître, les Suisses combattaient pour la
liberté !

Vient ensuite la grande bataille de Morat
et la nouvelle défaite du duc.

Les Suisses rassemblent dans une chapelle
les os des chevaliers étendus sur la place, et
l'appellent : *l'ossuaire des Bourguignons*, et
pendant trois siècles on montra sur ces os
blanchis par le temps la trace des grands coups
des hallebardes et des épées helvétiennes.

Plaçons ici pour les amateurs de numisma-
tique l'inscription de l'ossuaire :

«Deo optimo maximo
Inclyti et fortissimi
Burdundiæ ducis exercitus
Moratum obsidens
Ab Helvetiis cœsus
Hoc sui monumentum reliquit. »

La veille de ce grand désastre, le duc s'emporte encore sous sa tente, et donne un soufflet

au général Campo-Basso; il semble que le dernier jour de sa vie doit être encore marqué par un acte de violence.

Du reste Campo-Basso le trahissait; on ne sait par quelle lueur de générosité [1] Louis XI en avait averti le duc de Bourgogne; toujours est-il que celui-ci n'en crut rien et s'écria : Si c'était un traître, Louis XI ne me l'aurait pas fait savoir !

Maintenant veut-on connaître de quelle manière périt celui qui en tua tant d'autres ? Il fut tué à Nancy le 5 janvier 1477; on le trouva dans un fossé le visage *emplastré dans la fange et le sang*, le corps gelé, la tête fendue jusqu'aux dents, percé d'un coup de pique à la cuisse, et d'un autre *par le fondement.*

On le reconnut à la cicatrice du coup qu'il avait reçu à la gorge lors de la bataille de Montlhéri, à la flétrissure de la peau sur l'épaule gauche, causée par un charbon ardent, à une fistule sous le nombril, et *aux grands ongles qu'il portait plus qu'autre personne de sa cour* [2].

---

[1] Il est possible que cette générosité n'ait été qu'une ruse à la Louis XI !

[2] La guerre des Suisses qui ruina l'incroyable puis-

Ainsi finit le grand homme de guerre du quinzième siècle; nous verrons plus tard comment finit le roi des diplomates et des bourreaux, Louis XI, et si le peuple ne peut pas dire de ce dernier comme le duc de Lor-

sance de Bourgogne eut une bien petite cause apparente. Un Suisse enleva à l'un des valets du sire de Romont une charetée de peaux de mouton. De là déclaration de guerre! « Vis consilii expers mole ruit suâ! »

Le corps du duc de Bourgogne fut transporté à l'église Saint-Georges, et plus tard à Bruges où Charles-le-Quint, son petit-fils, lui érigea un magnifique mausolée. Long-temps le peuple ne put croire à sa mort. On prêta même de l'argent remboursable en double le jour de sa rentrée en Flandre. Chez les Gaulois on trouvait encore des prêteurs plus débonnaires, si l'on en croit *Strabon;* car ils *prêtaient de l'argent remboursable dans l'autre monde;* de nos jours on trouverait beaucoup d'amateurs et peu de prêteurs à ce titre! Rien ne peut décrire la joie qu'inspira cette mort à tous les peuples courbés sous son joug de fer. On ne peut la comparer qu'à celle éprouvée par Louis XI qui, impatient de savoir bien vite les nouvelles de Lorraine, avait établi *des maîtres de poste assermentés.* Ainsi c'est à la politique ambitieuse et inquiète de Louis XI que l'on doit l'admirable institution des postes en France. Il y a du bon dans tout, dans le venin d'une vipère comme dans la haine d'un tyran!

raine dit en présence du cadavre de Charles
le Téméraire :

« Votre âme ait Dieu, vous nous avez fait moult de
» maux et de douleurs ! »

LOUIS XI.

Louis XI, né à Bourges en 1423, succéda
à son père Charles VII, à l'âge de 38 ans,
en 1461.

« Il papa, alzato le mane e fattomi un pa-
» tente crocione sopra la mia figura, mi
» disse, che mè benediva e che mi perdonava
» tutti gli omicidii che io avevo mai fatti, e
» tutti quelli che mai io farei in servizio della
» chiesa apostolica !.... »

« Le pape levant la main, me fit une petite
» croix sur le front, me dit qu'il me bénis-
» sait, qu'il me pardonnait tous les homicides
» que j'avais commis, et tous ceux que je
» commettrais pour le service de l'église apos-
» tolique !.... »

Ce que *Benvenuto Cellini* raconte du Saint-

Père, peut très-bien s'appliquer à Louis XI,
à cette différence que le premier prêchait
le meurtre pour la conservation de sa tiare,
et que le second l'*exécutait* pour la conservation de sa couronne.

La formule prononcée par les rois d'Italie,
lorsqu'ils recevaient la couronne, semble
avoir été faite exprès pour Louis XI... « Dieu
me la donne, gare à qui la touche!..... »
Seulement, nous pensons que les historiens
se trompent lorsqu'ils donnent à Louis XI
un caractère *absolu*. Quoique roi, Louis XI
était un homme, et il n'y a rien d'absolu
chez l'homme. La perfection seule est une
chose absolue, et la perfection n'est pas dans
l'humanité!

Louis XI n'eut qu'une volonté qui jamais
ne varia, qui fut le mobile de toutes ses pensées, la figure dont se revêtirent tous ses
actes, une volonté qui se remuait à toute
heure de jour et de nuit, et en tous lieux : à
l'oratoire, au cabinet, au conseil, au champ
de bataille, au confessionnal; qui prenait
toutes les formes, prières, menaces, injures,
ordonnances, lettres, arrêts, tailles, confis-
cations, conciles, traités, exils, vœux, pé-
lerinages, processions, tortures, supplices,
et cette volonté, ce fut celle-ci :

« Moi, Louis XI, roi de France, je veux détruire les uns après les autres, de mes propres mains s'il le faut, tous les seigneurs dont la tête plus élevée que la mienne, fait ombre à ma couronne ! »

Louis XI fut tellement absorbé dans cette volonté qu'il fit souvent des fautes très-graves, qu'aucun historien philosophe ne saurait expliquer autrement ; par exemple, son emprisonnement à Péronne.

Par cette éternelle activité de sa volonté tout entière sur la destruction des seigneurs, nous croyons pouvoir aussi expliquer ses croyances religieuses.

En effet, c'est un singulier croyant, que Louis XI ? Le sang d'un meurtre dégoutte-t-il sur ses mains, il lève ses mains au ciel en forme d'offrande à Dieu ; a-t-il besoin de l'autorité du saint-siége pour enfermer le cardinal Balue dans une cage de fer, il se met à deux genoux devant le saint-siége ; a-t-il besoin de réveiller l'énergie populaire contre Saint-Pol ou d'Armagnac, il s'empare des franchises de l'église française et de l'autorité des conciles, pour faire la guerre au saint-siége ! La religion ne fut qu'une forme dans sa tête, un instrument dans sa main, et jamais un sentiment dans son cœur.

20

Quand sa bouche recevait une hostie, sa
tête pensait à un nouveau moyen d'empoisonnement par la communion, et si ses yeux
contemplaient quelquefois le crucifix de son
oratoire, c'était pour méditer une nouvelle
espèce d'agonie sur la croix !

Mais il arriva à Louis XI ce qui arrive à
tous les hommes. A force de répéter une
chose, on finit par y croire. Louis XI répéta
si souvent qu'il croyait en Dieu, qu'un jour
il s'imagina qu'il croyait en Dieu. Mais que
les hommes véritablement religieux se ras-
surent ; ce n'était qu'une croyance tout
involontaire, toute mécanique qui vivait
en lui, sans qu'il s'en mêlât, sans qu'il en
sût rien.

Sa tête était comme l'enceinte d'une église
dont les échos répètent jour et nuit les
louanges de Dieu, dont la nef boit incessamment la fumée de l'encens, dont les vitraux
frémissent à tous les sons de l'orgue, et qui
n'est en résumé qu'une masse de pierres dont
on fera demain une écurie.

Voilà pourquoi Louis XI s'était fait une
si étrange manière de prier.

Invoque-t-il un saint, il portera mille écus
d'or sur son autel ; invoque-t-il sa patrone,
il lui fera donner une belle robe de soie cra-

moisie [1] ; veut-il que la reine accouche d'un
dauphin, il donnera à la Vierge un petit
Jésus d'argent *du poids de ce dauphin* ; est-il
en danger de mort, il promet des tonnes d'or
à un chanoine qui se porte bien ; des moines
aux couvens qu'on bâtit, et des couvens aux
clercs qu'on va faire moines ; et lorsqu'il est
bien las de promettre et qu'il a épuisé toutes
les cupidités du ciel, il n'ose plus dire ce
qu'il donnera, de peur que le don ne pa-
raisse pas assez précieux, et c'est alors qu'il
s'écrie : Sainte-Vierge, obtiens ce que je te
demande, *et je sais bien ce que je te donnerai!*

Il est donc certain qu'au milieu de toutes
ces prières, de toutes ces processions, de
tous ces pèlerinages, Louis XI fut toujours
préoccupé de la corruption qui l'entourait
et que lors même qu'il parlait à Dieu, il croyait
parler à un homme.

---

[1] Cette manière de séduction à l'égard des puissances
du ciel ne mourut pas avec Louis XI, et les costumes
donnés à la Sainte-Vierge n'ont rien perdu de leur ridicule au dix-septième siècle, car nous lisons dans les
historiettes de Tallement des Réaux :

« Je me souviens que le jour de saint Joseph, aux
Mathurins où l'abbé de Cérisy prêchait, on avait habillé
saint Joseph avec une robe de M. le chancelier (Séguier),
et la vierge avait la cravate de madame d'Aiguillon ! »

20.

Oui., Louis XI était religieux mécanique-
ment, c'était un délire monacal qui bruissait
sourdement dans une cervelle de .diplomate
corrompu, et, comme il s'était dit une bonne
fois :. avec de l'or on corrompt, avec la corruption on gouverne, il s'ensuivait qu'il pré-
sentait de l'or à tout ce qui passait devant
lui , et ses yeux éblouis ne voyaient plus si
c'était la terre ou le ciel ,, le brouillard ou le
nuage., la courtisane ou la Sainte Vierge,
les courtisans ou les saints , le bourreau ou
l'archange Michel , l'homme ou Dieu!

Il n'en faut pas moins reconnaître que
Louis XI fut un génie extraordinaire, si su-
périeur aux intelligences humaines, qu'il glisse
entre les doigts qui veulent le saisir pour l'ana-
lyser à la loupe. Ainsi on ne peut faire sur
Louis XI qu'une étude sans liaison et sans
conséquences rigoureusement mathémati-
ques ; on ne peut que toucher les principales
aspérités qui font relief sur ce crâne royal
où tant de pensées diverses tourbillonnent
autour d'une pensée-mère : *mort aux seigneurs !*

Après avoir exprimé à la hâte l'idée générale qu'une longue méditation devant cette
grande tête historique nous a inspirée, nous
avouons ne vouloir que saisir les principales

pensées de l'homme, les principales actions
du roi, les plus énergiques imprécations de
ses ennemis, les plus graves et les plus impar-
tiales réflexions de ses juges, c'est-à-dire de
ses contemporains.

En effet, à peine arrivons-nous devant la
face de Louis XI, que quatre siècles se placent entre elle et nous; quatre siècles avec
leurs préjugés, leurs haines personnelles, leur
caractère général, leurs passions, leur philosophie, leurs mœurs, et leurs historiens.

Nous ne ferons pas comme saint Paul, qui
cheminait par foi et non par vue; nous forme-
rons un faisceau de tous les documens, après
les avoir compulsés et raisonnés un à un,
nous dirons notre impression; et pour que
notre conscience soit tranquille sur ce qu'elle
va faire, hâtons-nous de dépouiller la robe et
la toque rouge, et de nous écrier : « Nous ne
sommes pas des magistrats, mais des écri-
vains; nous ne jugeons pas, nous racontons.»
Hélas! il faut cependant prévoir tout d'abord
que nous aurons peine à rester dans ces sages
et froides limites, et que nos doigts tou-
cheront difficilement la figure de Louis XI,
sans que les ongles s'impriment dans la chair!
C'est que nous sommes des hommes, et que si
nous avons la pitié facile, nous avons en

même temps l'indignation si prompte, qu'elle
flétrit un crime aussi vite que la pensée !

Tout dissimulé que Louis XI était, *Mézeray*
nous dit qu'il avait du mal à tenir ses secrets
lorsqu'il était dans la joie, et qu'il passait
souvent d'une extrémité à l'autre.

Ainsi Louis XI réunissait en lui deux caractères bien distincts, la dissimulation et la
légèreté. L'évêque du Belley parlait sans doute
de Louis XI lorsqu'il disait : *Politica est ars
tam regendi quam fallendi homines* [1], et
madame de Staël indiquait, sans le savoir,
Louis XI, lorsqu'elle écrivait : *La parole est
un instrument dont les Français aiment beaucoup à jouer !*

Tout le monde sait que dès les premières
années de sa jeunesse il se mit en hostilité
contre Charles VII son père, et que poussé
par quelques courtisans disgraciés, il forma
un parti connu sous le nom de la *Praguerie*,
parti efféminé, lâche, vagabond, promenant
de ville en ville son impuissance et son im-
popularité. Louis XI fut trop heureux alors
de recevoir un asile dans la maison de Bour-

---

[1] La politique est l'art de mener et de tromper les
hommes.

gogne; et à voir l'inimitié aveugle qui exista
depuis entre Charles le Téméraire et lui, et
qui ne put s'éteindre dans le sang du premier [1], qui croirait que les deux princes
avaient été élevés ensemble, en frères, dans les
mêmes jeux, les mêmes études, et les mêmes
passions? Qui croirait qu'un jour, où il avait
perdu le comte de Charolais à la chasse, le
dauphin fit sonner les cloches, allumer des
feux dans les clochers; qu'il rongea son bâton
de colère, parce que le comte ne revenait pas,
et qu'il fit le vœu solennel *de ne pas boire ni
manger avant de l'avoir retrouvé?*

À la mort de son père, Louis XI fait célé-
brer un service funèbre à Avesnes, et part
immédiatement pour la chasse!

Après cela, il court se faire sacrer à Reims.
Là, le duc de Bourgogne, Philippe le Bon, se
mettant humblement à genoux, lui demande
grâce pour les conseillers de Charles VII, qui
ont si vivement poursuivi la *Praguerie*.
Louis XI reste froid et sévère, et déclare qu'il
y a huit de ces conseillers pour lesquels il ne
reste plus un mot de merci à dire. Cette dé-

---

[1] Après le désastre de Nancy, Louis XI fit le procès
devant le parlement à la mémoire du duc de Bourgogne.

claration éclaira tout d'abord les esprits
clairvoyans, et on commença généralement à
regretter Charles VII, qui s'était souvent
montré juste et débonnaire, à part les deux
grands crimes qui restent empreints en traits
de sang sur son front, sous sa couronne: l'a-
bandon de la pucelle au bûcher des Anglais,
et l'assassinat monstrueux du duc de Bourgogne au pont de Montereau!

Au service célébré pour la mémoire de Charles VII, à Notre-Dame de Paris, les gémissemens éclatent de toutes parts, ce qui n'empêche pas qu'avant la fin presque tous les
seigneurs sont déjà partis pour saluer le soleil
levant, Louis XI. A l'entrée du nouveau roi
dans Paris, *Cœur-Loyal*, grand héraut, lui
présente cinq dames richement vêtues, repré-
sentant les cinq lettres qui forment le mot
Paris. Le roi est suivi de dix mille cavaliers;
il est revêtu d'une robe de satin blanc, d'un
pourpoint cramoisi; sa tête est recouverte
d'un chaperon découpé, et il chevauche sur
un destrier blanc, en signe de souveraineté.
On tient un dais élevé au dessus de sa tête; le
duc de Bourgogne suit, étincelant de diamans
jusqu'à la selle de son cheval; on estime le tout
à plusieurs millions. Pour être si riche, il faut
avoir fait bien des pauvres! Un pauvre par
diamant ce n'est pas trop!

Le comte de Charolais est remarqué dans
le cortége. On joue des mystères sur toutes
les places publiques. A la fontaine du Ponceau, cinq filles très-jolies représentent cinq
syrènes; elles sont toutes nues, et plongent
dans l'eau jusqu'à la ceinture. Le duc de Bourgogne est salué en passant par la corporation
des bouchers anciens *maillotins*, dévoués à
tous les ennemis du trône ; l'affluence est tellement grande à cette entrée, que les seigneurs
sont contraints d'aller loger dans les villages
voisins. Le duc de Bourgogne tient un état
d'un luxe indécent, en face de la misère du
peuple; aigrettes, ceintures de diamans, rosaires; tapisseries d'Arras, rehaussées de soie,
d'or et d'argent. On remarque la fameuse
tapisserie qui représente l'histoire de Gédéon.
Buffet garni de vaisselle d'or, et dont chaque
coin est terminé par une corne de licorne ; à
cette époque on n'en connaissait qu'une en
France, qu'un roi avait donnée au trésor de
Saint-Denis. Puis commence la célèbre joûte
des tournelles où se bat vaillamment M. de
Charolais, et où vient notre duc, *ayant en*
croupe sa nièce, la duchesse d'Orléans, et de-
vant lui sur le col de son cheval une jeune fille
de quinze ans, la plus belle de Paris, que la
duchesse avait prise pour sa beauté.

Quant à Louis XI, dès le lendemain de son arrivée, il se met simplement, garde tout son or, car il n'a pas un écu de trop pour son commerce continuel de consciences. Contre l'usage il refuse d'accorder à son avénement une diminution d'impôts. Cette dureté excite une grande sédition à Reims. Louis XI fait aborder la ville par ses serviteurs déguisés en paysans, qui parlent au peuple, se mêlent aux groupes, s'entrefilent parmi les plus mécontens, et accrochent à la potence cent bourgeois.

Voilà un beau début!

Pareilles séditions, pareils châtimens à Aurillac, Alençon, Angers, etc.

Pendant ce temps le duc de Bourgogne fait une grande maladie. M. de Charolais *ordonne des prières* publiques, le duc est guéri; mais, comme les médecins lui disent de se raser la tête, il ne veut absolument pas être le seul rasé, et il ordonne à toute sa cour d'en faire autant que lui.

Cinq cents seigneurs se rasent aussitôt, et deux chevaliers sont nommés commissaires pour faire couper les cheveux à tout noble qui se rencontrera!

Louis XI commence bientôt le procès du comte de Dammartin, favori de Charles VII,

et en même temps il est si adroit et si pres-
sant, qu'il parvient à racheter du duc de
Bourgogne les villes de la Somme. Ce rachat
cause une grande colère au comte de Charolais, lequel pense bien, sans doute, que les
villes restent mais que l'argent s'en va, et
qu'il ne lui restera peut-être plus un écu à la
mort de son père [1]. Voilà l'un des premiers
motifs de la haine implacable qui exista plus
tard entre le roi et le duc, et qui causa la
mort de tant de braves mais aveugles chevaliers. Des chroniqueurs plus mystiques ajou-
tent une autre cause encore, et disent que le
duc reprochait au roi des maléfices opérés
contre sa personne : *Attendu que le comte
d'Etampes fit baptiser sa portraicture en cire
avec de l'eau de moulin pour le faire tomber en
langueur !*

Pour cacher les intrigues sourdes par les-
quelles il recherche l'alliance de l'Angleterre,
Louis XI envoie la reine rendre visite au duc
de Bourgogne.

---

[1] C'est ce qui arriva à l'héritier de *Philippe le Hardi*,
le premier des quatre ducs de Bourgogne, de la seconde
race ; ce Philippe le Hardi laissa tant de dettes que sa
femme, Marguerite de Flandre, fut obligée de renoncer
à sa succession en *desceignant sa ceinture avec sés clefs
et sa bourse sur le cercueil de son mari.*

Elle arrive, et se trouve si heureuse des fêtes qu'elle y reçoit, elle qui ne loge jamais que dans de misérables tavernes de bourgades, qu'elle s'écrie : « J'en ai pour sept ans » à m'en souvenir ct à comparer! »

Au milieu de la première soirée la reine dit : « Il faut se retirer, mon seigneur m'a » commandé de ne passer ici que deux jours, » je veux partir demain de bon matin; ah! » mon oncle, ne me retenez pas, le roi m'a » ordonné de revenir, et pour rien au monde » je n'oserai m'en départir! » Le duc persistant à vouloir que la reine reste encore, le sire de Crussol s'approche et dit : « Monsei- » gneur, cela ne se peut, force est bien que » la reine parte, il n'y a nulle excuse, c'est » moi que le roi a chargé d'y veiller, *jamais il* » *ne me le pardonnerait.* » Et en parlant il se met à deux genoux devant le duc; tant il connaît bien son maître.

Le comte de Charolais étant à *Gorcum* en Hollande, fait saisir le bâtard de Rubempré, qui se trahit par des questions étranges au milieu des tavernes, sur les habitudes du comte. Le bâtard interrogé se trouble. A cette nouvelle Louis XI se trouble plus encore, et l'opinion générale est qu'il a envoyé cet homme pour assassiner le comte de Charolais. En effet, le bâtard de Rubempré avait fait tenir à la côte une barque armée de quarante hommes prêts à le recevoir après le crime.

Louis XI ne néglige rien pour se faire haïr. Sa passion pour la chasse est telle, qu'il fait couper les oreilles à deux gentilshommes qui ont tué un lièvre !.

Ici commence la guerre *du bien public*. Les principaux chefs de la ligue sont : le comte de Charolais, le duc de Bretagne, Jean de Calabre, le duc de Bourbon, le duc de Nemours, le comte d'Armagnac, le sire d'Albret, le comté de Dunois, le duc de Berry. M. de Charolais publie son manifeste et fait ses armemens.

Tout l'Artois, les châtellenies de Douai, Lille, Orchies, et la Picardie même, envoient leurs contingens. On arrive devant Paris, et bientôt se donne cette célèbre et singulière bataille de Montlhéri, où Louis XI et le comte de Charolais se croient tous les deux vaincus le soir, et le lendemain matin se proclament tous les deux vainqueurs !

Louis XI arrive par la Seine *au camp du bien public* à Charenton, et, sautant de son petit batelet (où il est seul), il dit joyeusement à M. de Charolais :

« Vous me fites dire par l'archevêque de
» Narbonne que je me repentirais des paroles
» que vous avait dites ce fol de Morvilliers, et
» cela avant un an. Pâques-Dieu! vous m'avez
» tenu promesse, et même beaucoup avant
» que le bout de l'an soit arrivé! »

O diplomatie!

Enfin on proclame *la paix du bien public*.
Elle se réduit à un traité où tous les princes
ligués se partagent bel et bien et grassement
provinces, villes et trésors, et de bien public
point la longueur d'une ligne!

Le comte de Charolais n'a que le temps de
retourner en Flandre pour comprimer les
révoltes de Liége et de Dinand. Les gens de
Dinand sont assiégés. La ville est prise d'assaut, le pillage dure quatre jours, les cheva-
liers-pillards se pillent entre eux, les sires de
Roubais et de Moreuil, qui tiennent une des
portes, se font ainsi un riche butin en dé-
pouillant ceux qui sortent. Le feu prend à la
ville, et le comte de Charolais, qui avait ordonné qu'elle fût rasée et que les habitans fussent égorgés, expose plusieurs fois sa
vie à travers les flammes....... pour sauver *la
chásse de sainte Perpétue*, qu'il emporte à
Bovines!

A peu près dans le même temps Louis XI

fait tous ses efforts pour se rendre populaire ;
la capitale de son royaume se trouve dans
une terrible phase de dépérissement et de solitude. Les hommes du peuple ressemblent à
des spectres ; la science et les arts sont p'on-
gés dans un long sommeil, la plupart des
rues sont désertes et en ruine , et constatent
le passage des d'Orléans, des Armagnacs, des
Bourguignons, des Charles VI et des Anglais.

Louis XI lance donc des ordonnances con-
cernant l'organisation des corps et métiers
portant bannière, ce qui flatte beaucoup le
peuple, qui aime toujours à jouer à quelque
chose et qui, après avoir entendu dire : C'est
bien ! tu es un héros ! croit que tout est fini,
et qu'il ne lui reste plus qu'a dormir dans sa
gloire. Arrive une seconde ordonnance qui
constitue Paris en un lieu de refuge pour les
condamnés de toutes les nations étrangères,
excepté pour les criminels de lèse-majesté.

Le roi et la reine vont dîner chez le président du parlement, et se montrent dans les
rues familiers aux yeux du peuple [1].

---

[1] N'est-ce pas une niaiserie que d'opprimer les hommes
par millions, de les épuiser et les piller, les martyriser,

Il faut bien arroser la plante pour qu'elle produise ses fruits !

De son côté, le duc de Bourgogne éblouit les mécontens par des tournois, les esprits ne sont occupés que de la joûte de l'arbre d'or[1].

Toutes ces manifestations d'amour pour le populaire ne font que couvrir un redoublement de tortures et de supplices. *Tristan* fait bonne besogne, les trappes des oubliettes n'ont pas le temps de se couvrir de poussière, et les ressorts d'acier reluisent aux reflets de la lampe du bourreau. — Les noyades dans les sacs de cuir sont si fréquentes que le bruit du pont des moulins et de la grange aux

les égorger, et de vouloir paraître l'ami des hommes à l'égard de quelques hommes?

(Lessing, *Nathan le sage.*)

[1] Elle dure huit jours. La petite naine de mademoiselle Marie de Bourgogne, habillée en bergère entre dans la grande salle au banquet du soir montée sur un lion qui ouvre la gueule par ressorts. Le dernier jour on voit entrer dans cette salle une baleine de soixante pieds de long escortée de deux grands géans; elle remue la queue et les nageoires. Ses yeux sont deux grands miroirs, de sa gueule sortent des syrènes qui chantent merveilleusement; puis douze chevaliers qui se battent jusqu'à ce que les géans les fassent rentrer dans leur baleine.

merciers ne peut plus parvenir à étouffer les gémissemens. On construit des cages de fer pour les condamnés et le cardinal Balue fait exécuter sur son propre plan celle qu'il destine à Antoine de Châteauneuf, et dans laquelle Louis XI le renfermera lui-même pendant dix ans!

Et au milieu de tous ces massacres organisés dans l'ombre, et qui s'accomplissent froidement à toute heure de la nuit, sous la lueur des torches, ou, ce qui est plus affreux encore, à la douce lumière de la lune, les ambassades partent, arrivent, reviennent incessamment, et nous ne pouvons mieux faire que d'appeler encore une fois Louis XI le roi des diplomates et des bourreaux!

C'est ici que se placent et la révolte de Liége et l'emprisonnement de Péronne ; nous ne ferons que constater en passant la ruine de toutes les libertés de Flandre, et notamment de la ville de Gand qui voit déchirer sous ses yeux et en plein soleil la charte même de Philippe le Bel qui lui accordait le choix de ses magistrats par une mixture de huit électeurs royaux et gantois. Et depuis la proclamation de cette charte, elle avait même obtenu l'élection directe par ses seuls électeurs.

Pontus Heuterus (rerum burgundiacarum) et *Meyer* nous racontent de singulières choses sur la justice du temps, mais voici pour la foi des traités ! Des assemblées ont lieu à Tours, et sur la provocation de Louis XI, elles déclarent nul le traité juré *sur la vraie croix de saintt Laud !* «Et pourtant ces gens-là juraient sur Dieu, sur l'honneur, sur les hommes, sur les lois !..... car ils avaient des lois ; mais semblables à Caligula, ils auraient voulu qu'elles fussent écrites en caractères si petits que personne ne pût les lire.

Louis XI devient de plus en plus impopulaire, et pour combattre la désaffection générale, il va allumer de sa main le feu de Saint-Jean vis-à-vis l'Hôtel-de-Ville.

Négociations subtiles, néologiques et interminables, où le roi et le duc se trompent à qui mieux mieux. Ces deux cours sont en vérité le paradis de la diplomatie ! Louis XI est fort mécontent de la popularité de son frère de Guyenne ; il a l'imprudence d'exprimer publiquement *son espoir en la mauvaise santé de son frère qui peut mourir !*

Son frère meurt ...

Tout le royaume accuse Louis XI de l'avoir empoisonné par l'abbé de Saint-Jean-d'Angély et le sire Henry de la Roche, écuyer de cuisine du duc.

Un an auparavant, Louis XI apprenant la mort d'Alphonse, frère du roi de Castille, s'était écrié : « *N'aurai-je donc jamais ce* » *bonheur-là ?* »

Enfin, on raconte que son fou l'entendit une nuit dire tout haut, dans le fond de son oratoire : « Ah ! ma bonne dame et maîtresse, » je te prie de supplier Dieu pour moi, et » d'être mon avocate auprès de lui pour » qu'il me pardonne la mort de mon frère » que j'ai fait empoisonner par ce méchant » abbé de *Saint-Jean.* Je m'en confesse à toi » comme à ma bonne maîtresse ; mais aussi » qu'eussé-je pu faire ? il ne faisait que trou- » bler mon royaume ! »

Le fou qui avait entendu mourut quelques jours après d'une mort secrète ; et la tradi- tion populaire raconte que l'abbé de Saint-Jean périt un jour dans la prison du Bouf- fay en Bretagne, *tout noir et tout gonflé après un violent orage !*

S'il n'est pas mathématiquement démontré que Louis XI a empoisonné son frère, il faut du moins constater, et c'est déjà une charge terrible contre sa mémoire, que tout le monde en France l'en reconnaissait capable ! Pour couvrir toutes ces taches de sang le pape ne trouve rien de mieux que de jeter sur les épaules de Louis XI un froc de moine, et il publie une bulle qui institue le royal criminel *chanoine de Notre-Dame-de-Cléry, avec la permission de siéger en cette église à la première stalle du chœur, revêtu du surplis, de la cape et de l'aunusse!*

Au milieu de cette existence monaco-royale, souvent empreinte de génie et toujours noyée dans le sang, nous avons à signaler l'horrible assassinat du comte d'Armagnac, petit-fils du connétable. Louis XI fait assiéger Lectoure qui se rend avec un sauf-conduit général; mais au mépris des engagemens les plus sacrés les habitans sont égorgés, et Pierre Gorgia, à la tête de sa bande infâme, pénètre dans la maison du comte d'Armagnac, et le tue sous les yeux de sa femme, enceinte de huit mois! Mais ce n'est pas assez encore, car la comtesse peut mettre au monde un Armagnac, un vengeur. Louis envoie donc quelques jours après le sire Castelnau de Bretenous (car on appelle cela un sire!) avec maître Macé Guervadan et Olivier le Roux secrétaires du roi, qui amènent avec eux un apothicaire, et qui, après des violences inouies, font prendre à la comtesse un breuvage qui la fait avorter, et dont elle meurt en deux jours!

Oh ! quelque concession qu'elle puisse faire
à la faiblesse humaine, il est douteux que
l'histoire soit assez indulgente pour ranger
parmi les hommes un roi tel que Louis XI,
et l'allocution que le sire de Hagenbach pro-
nonça à l'heure de la mort sur la plate-forme
de l'échafaud, et qui, en un instant, fit oublier toutes ses sanguinaires orgies et fit pleurer l'assistance ', n'eût peut-être pas fait
répandre une seule larme si elle eût été dite
par la bouche de Louis XI !

Au milieu de ces passions infâmes et déchaî-
nées, il est de notre impartialité de ne pas laisser
passer un trait qui peint le calme d'une conscience honnête chez un roi contemporain.

Le bon roi Réné étant à son château de
Beaugé, où il jardine, peint et poëtise, apprend tout à coup que Louis XI vient d'entrer dans sa capitale d'Anjou. A cette nouvelle terrible, il achève tranquillement de
peindre une belle perdrix rouge, et se retire, comme en se promenant, dans son
comté de Provence, où il se fait adorer de
tous ses enfans.

' « Vous tous dont j'ai été le gouverneur durant quatre années, pardonnez-moi ce que j'ai pu faire par défaut
de sagesse ou par malice, *j'étais homme*, priez pour moi ! »

Combien de rois ressemblent à celui-ci ?
Prenez la liste et comptez sur vos doigts !

Pour nous reposer un peu de notre con-
tinuelle indignation contre le tyran du quinzième siècle, plaçons ici quelques lignes sur
l'entrée qu'il accorda en France à l'imprimerie.

A Mayence, trois ouvriers allemands,
Ulrich Geringen, Martin Crantz et Michel
Friburger, attirés par Guillaume Fichet, pro-
fesseur de l'université, viennent en 1470 éta-
blir des ateliers au collége de Sorbonne. Cé-
saris et Jean Stoll se séparent d'eux et en
établissent une seconde.

Gufftenberg, Faust et Scheffer ont publié
les premiers livres à Mayence.

Voici quelques vers, fort naïvement curieux, faits par deux contemporains de cette
célèbre découverte :

> J'ay veu grant multitude
> De livres imprimez
> Pour tirer en estude
> Povres mal argentez ;
> Par ces nouvelles modes
> Aura maint escollier
> Décrets, bibles et codes
> Sans grant argent bailler.

(Georges Chatellain et Jean Mollinet. Récollection des mer-
veilles advenues en notre temps.)

Paul Louis Courrier a écrit : Le plus bel éloge est celui dont il ne faut rien rabattre. Appliquons ces paroles à *la critique* et passons en silence une multitude de faits qui accusent la mémoire de Louis onzième, mais sur lesquels il y a doute.

A la nouvelle d'une sédition à Bourges contre une gabelle appelée *le Barrage*, Louis XI écrit coups sur coups à M. du Bouchage pour que les séditieux *soient tous pendus à leurs portes!*

Il écrit encore de sa propre main :

« Il me semble qu'avec ces cent lances, les » vôtres, celles du Dauphiné, celles du capi- » taine Odet d'Aydie, et les trois mille ar- » chers, vous serez assez de gens pour, *au* » *plaisir de Dieu*, brûler et faire le dégât dans » tout leur pays, prendre les plus méchantes » places, les abattre, brûler et démolir ! »

Toutes les villes que le roi prend sont, *malgré la foi donnée*, mises en cendres; et pendant ce temps le connétable de Saint-Pol trahit de tous les côtés à la fois, et le roi et le duc, et le duc et le roi. C'est un passé maître en traîtrise !

Jacques d'Armagnac, duc de Nemours, est condamné à mort par le parlement; il s'écrie:

« Certes voilà la plus dure nouvelle qui me
» fut jamais apportée! »

Il est conduit dans une chambre tendue en
noir, où il trouve un confesseur. On y brûle
du genièvre comme pour un mort. Il est placé
sur un grand cheval, drapé de noir et amené
aux Halles. Un échafaud neuf, couvert de
draperies noires[1], a été élevé. Le populaire
est ému en faveur du patient, mais il se
borne, comme toujours, à étourdir le bourreau de vaines imprécations!

Cependant il faut être impartiaux avant
tout, et nous dirons qu'après un long et con-
sciencieux examen, nous pouvons affirmer
qu'aucun auteur contemporain ne mentionne
l'horrible fait attribué à Louis XI d'avoir fait
placer sous l'échafaud les enfans d'Armagnac,
pour recevoir sur leur tête le sang de leur
père; et pourtant tous ces auteurs disaient
hardiment les choses les plus injurieuses au

---

[1] Il leur fallait encore habiller la mort en noir, comme
si la mort n'eût pas été déjà une chose assez lugubre. Il
fallait que le patient vivant encore, vît l'échafaud porter
le deuil anticipé de sa mort !

Il y a quelquefois des idées si infernales dans la tête
d'un homme, qu'on ne comprend pas que cette tête
n'éclate point !

roi. Ainsi cette accusation, qui a eu tant de
crédit dans les écrits des seizième et dix-
septième siècle, nous paraît complètement
fausse.

A la nouvelle de l'assassinat de Galéas
Sforza, duc de Milan, tué dans une église le
26 décembre 1496, au moment de l'élévation
de l'hostie, Louis XI devient maladif, et si
méfiant qu'il s'enferme comme dans une prison. Voilà l'origine de ces peurs qui firent du
château de Plessis-les-Tours une tombe an-
ticipée, où Louis XI subit autant de terreurs
que de souvenirs, et autant de supplices que
de terreurs !

En 1480 il tombe d'apoplexie, et ses serviteurs le laissent comme mort sur une pail-
lasse, tout en le vouant à saint Claude ! Cependant le mourant revient à la vie, et son
premier soin est d'aller porter 1500 écus d'or
sur l'autel de sa patrone et maîtresse.

Selon Varillas, notre Louis XI se fit tellement craindre de son père, que ce pauvre roi
se laissa mourir d'abstinence de peur d'être
empoisonné.

Mézeray dit que Charles VII eût pu être
nommé heureux, s'il avait eu un autre père
et un autre fils.

A la mort de son père, Louis XI ne porta

le deuil qu'une matinée, et ne voulut pas recevoir les seigneurs qui avaient osé le prendre.

Il fit punir le médecin de Charles VII *pour lui avoir fait violence afin de le faire manger,* dit-il, mais bien parce qu'il a voulu sauver la vie de son père; du moins c'est l'opinion de Lamothe le Vayer. (*Instruction du Dauphin.*)

Il néglige son fils; et, en juste punition de sa propre conduite filiale, il le redoute comme son plus grand ennemi! Il marie très-mal ses filles, pour n'avoir pas à redouter la puissance et l'ambition de ses gendres!

Sa fille Jeanne, pauvre enfant laide, noire et voûtée, a tellement peur de lui, qu'à sa vue elle se cache toujours sous la longue robe de son gouverneur, le sire de Lesguyère.

L'abbé de Brantôme est de ceux qui attribuent à Louis XI l'empoisonnement du duc de Guyenne.

Dans les admirables et précieuses historiettes de *Talement des Réaux,* nous lisons que la sœur du cardinal de Larochefoucauld *aimait mieux douter de la Sainte-Ecriture que de n'être pas d'une race plus ancienne que Noé.* Nous aurions bien voulu savoir si, malgré son délire en fait de noblesse, elle eût consenti à voir remonter sa ligne généalogique jusqu'au-delà de Noé, en passant par

Louis XI! — Pour peu que mademoiselle de Larochefoucauld ait eu la passion de remonter quelques degrés plus haut, jusqu'à Adam, par exemple, elle se fût tout-à-coup trouvée aussi noble que sa portière.

Vous voyez bien qu'à force d'être noble on court le risque de n'être plus que vilain!

Mézeray affirme que Louis XI n'aima point sa première femme, à cause de quelque imperfection secrète sur laquelle Hall et Grafton se sont expliqués [1].

Le comte du Lude et beaucoup d'autres seigneurs appelaient Louis XI le roi *couard*, à cause de la paix qu'il avait conclue avec le roi Edouard d'Angleterre; mais plusieurs historiens, et notamment *Comines*, l'en justifient, à cause des trahisons intérieures et la crainte incessante du duc de Bretagne. Nous ajouterons une simple remarque pour corroborer cette opinion : c'est que, pour avoir fait exac-

---

[1] Cette première femme fut Marguerite Stuart, fille de Jacques Ier, roi d'Ecosse; elle mourut à Châlons-sur-Marne en 1446, âgée de 26 ans.

Quant à l'imperfection secrète lisez Hall et Grafton, et si vous trouvez que cela est un peu long à compulser, vous saurez ce que coûtent de travail et ce que méritent d'indulgence les recherches historiques.

tément le contraire, Charles le Téméraire
perdit ses états et la vie, et compromit l'existence de Marie de Bourgogne, sa fille, qui
ne se sauva qu'en se réfugiant dans les bras
de Maximilien d'Autriche [1].

Presque tous les auteurs, tout en recon-

---

[1] Marie de Bourgogne, fille unique et héritière de
Charles le Téméraire, naquit à Bruxelles le 13 février 1457.
Elle servit de leurre à un nombre infini d'amans royaux
que la politique de son père faisait mouvoir comme par
un fil. Il la força même d'écrire de sa main et d'envoyer
un diamant au fils de l'empereur de Savoie, le duc
Frédéric. Le duc Nicolas de Calabre, le duc de Guyenne,
frère de Louis XI, le duc Philibert de Savoie, le duc Maximilien d'Autriche, furent ainsi joués par leur duc à
tous en fait de diplomatie, Charles de Bourgogne.

Elle épousa Maximilien d'Autriche, fils de l'Empereur
Frédéric III le 20 août 1477 et mourut d'une chute de
cheval en mars 1483, d'autres disent 1482. Ses deux
enfans furent Philippe d'Autriche, père de Charles-
Quint et Marguerite d'Autriche.

Elle mourut à la suite d'un accident bien malheureux.
Elle sortit de Bruges pour assister à une chasse de héron,
et quoique sa haquenée fût très-douce, elle tomba sur
une branche qui lui entra *in muliebriis*. Et comme elle
ne voulut pas qu'aucun médecin y mît la main; la gan-
grène survint et elle mourut après quelques jours de
fièvre. Il est curieux de lire toutes les thèses contemporaines soutenues en chaire, pour et contre *la vertu* de
cette action.   (Consulter Varillas.)

naissant que Louis XI a chargé son peuple
d'impôts plus que tous les rois ses prédéces-
seurs, l'accusent de lésinerie. Lamothe le
Vayer dit : « *Louis onzième se rendit mépri-*
» *sable par ses méchans habits et ses chapeaux*
» *gras*, etc. »

Bodin lui reproche de ressembler à quelque pèlerin saint Jacques, avec son chapeau
gras bordé d'images, et sa jacquette de drap
tanné. Il se servait, ajoute-t-il, de son tail-
leur pour tout héraut d'armes, de son barbier
pour ambassadeur, et de son médecin pour
chancelier.

Le valet de chambre du roi avait 90 livres
par an.

Un potagier, un saucier, un queux, avaient
chacun 10 livres par mois.

Le maître de la chambre des deniers du roi
avait 1,200 livres par an, le contrôleur 500.

On ne donnait que 50 sous pour les robes
de valets, et 12 livres pour les manteaux des
clercs, des notaires, etc.

Nous devons une partie de ces détails à
Pierre Mathieu, contemporain d'Henri IV.

Il y avait peine de mort contre ceux qui
tuaient un daim ou un lièvre !

Louis XI faisait acheter partout des oiseaux
et des chiens de chasse, et ces animaux deve-

naient souvent l'objet dés articles principaux
dans les traités où l'on stipulait la vie des
hommes et les plus hautes questions politi-
ques.

Il était si impatient de savoir l'issue de ses
intrigues sanguinaires, qu'outre les postes
qu'il créa, il s'écriait souvent : « Je donnerai
» mille écus d'or à celui qui m'apportera la
» nouvelle d'une victoire dés Suisses, ou bien
» la mort de Saint-Pol, ou bien la mort du
» duc de Bretagne, ou bien la mort de son
» frère, » car c'était toujours la mort d'un ennemi qui lui causait le plus de plaisir.

Carnéade ne ressemblait pas à Louis XI
lorsqu'il écrivait :

« Si l'on savait en secret qu'un ennemi, ou
» une autre personne à la mort de laquelle on
» aurait interest, viendrait s'asseoir sur de
» l'herbe sous laquelle il y aurait un aspic
» caché, il faudrait l'en avertir, quand mesme
» on ne pourrait estre repris d'avoir gardé le
» silence. »

Il établit une grande rigueur de discipline
parmi les gens d'armes et les francs-archers,
et faisait pendre ceux qui ne payaient pas la
dépense. Il détestait les pompes, aimait longue table et francs buveurs à l'égal des processions et des prières publiques; et parmi

les compagnons de ses orgies il avait en affec-
tion les plus paillards. Le vieux proverbe
monacal, *De missá in mensam*, semble avoir
été fait pour lui.

Il donna une fois un gros bénéfice à un
pauvre prêtre qui dormait au seuil d'une
église, pour réaliser le mot populaire : « Le
» bonheur vient à ceux qui dorment!... » Enfin, voilà une belle action!

Pour obtenir un jugement de condamna-
tion, Louis XI donnait d'avance aux juges
commissaires la confiscation de tous les biens
de l'accusé.

Les paysans, leurs femmes et leurs enfans
s'attellent à la charue *pendant la nuit* pour
n'être pas vus par les commissaires des tailles. — On invente des bascules qui précipi-
tent les condamnés sur des roues armées de
pointes et de tranchans. *Tristan* supplicie
souvent en présence de son compère le roi!

Mais voilà bientôt que les terreurs et la
maladie de ce dernier s'accroissent de nuit
en nuit. Il fait entourer de treillis de fer son
château du Plessis, et il a si peur de passer
pour malade ou pour mort, qu'il fait châtier
rudement ses serviteurs dans toutes les parties de la France, pour montrer qu'il vit encore!

C'est dans le même but que, dans tous les pays du monde, il fait acheter en son nom une foule de raretés nationales.

Il se donne tant de soins pour compléter une immense collection de reliques, que le pape occasionne une violente émeute à Rome en dégarnissant toutes les églises de leurs plus rares reliquaires pour les envoyer au moribond du Plessis, dont il exploite le nom pour sa guerre d'Italie.

Il fait courir à la recherche des ermites dans les vallées les plus reculées; et, lorsqu'ils sont arrivés, il leur bâtit de magnifiques ermitages autour de son château.

Enfin, à l'appel de cette voix qui tremble et qui s'éteint sous les couvertures du lit mortuaire, la sainte ampoule de Reims accourt au château du Plessis, où elle est placée sur la cheminée en face du roi qu'elle est destinée à retenir dans ce monde, et qu'elle ne retient pas.

Jacques Coittier, médecin, est avec son auguste malade d'une brutalité qu'on ne pardonne que parce qu'on la sait indispensable [1]. Il faut bien montrer les dents à qui

---

[1] Il fallait tenir Louis XI en respect pour qu'il ne fît

veut vous dévorer ! — Un jour il dit à
Louis XI :

« Je sais bien qu'un matin vous m'enver-
» rez où vous en avez envoyé tant d'autres;
» mais, par la mort-dieu! vous ne vivrez pas
» huit jours après! »

Le médecin se fit donner des tonnes d'or,
et tant de fiefs et de seigneuries qu'*après la
mort de son malade* le parlement fut obligé
de ne point enregistrer ces dons; il en fut de
même à propos d'une multitude de dona-
tions extraordinaires en faveur d'églises et
d'abbayes.

Louis XI se ressouvient une nuit d'un vœu
qu'il a fait au fond de l'eau lorsqu'il était en
train de se noyer dans l'Adour; en conséquence, par ses ordres, on établit un chapitre
avec d'immenses priviléges à Notre-Dame de
Behuart, petite paroissette dans l'île de la
Loire, au-dessous d'Angers.

---

pas comme la belle Austrigide qui obtint, en mourant,
du roi Goutran son mari, qu'il ferait tuer et enterrer
avec elle les deux médecins qui l'avaient soignée pendant
sa maladie ! Si *toutes les femmes* ressemblaient à la belle
Austrigide, on ne trouverait pas si ridicule la séance du
concile qui, après longue dispute décida : *que les femmes
faisaient partie du genre humain.*

22

Toutes ces fondations n'empêchaient pas que Louis XI ne fût plus préoccupé du salut de son corps que de celui de son âme. Un jour qu'il entendait réciter une oraison à saint Eutrope pour la santé de son corps et de son âme, il s'écria :

« C'est assez de celle-ci; il ne faut point » importuner le saint de tant de choses à la » fois! »

Tout Louis XI est dans ce mot-là!

Enfin, d'une seule parole nous pouvons résumer l'agonie du compère de Tristan, en disant qu'il se mit à deux genoux devant l'image de sa bonne Vierge, qu'il était pâle et agonisant, que sa voix tremblait, que ses yeux étaient hagards, que ses membres étaient agités par le frisson de la mort, et qu'il supplia *sa bonne maîtresse* de le laisser vivre *jusqu'à la fin de la semaine!*

Il mourut le même jour, et ce jour fut le 3o août 1483.

Cruel, dissimulé, mais plein de génie, Duclos dit de lui :

« Tout mis en balance, ce fut un roi! »

LE DUC

CHARLES DE BOURGOGNE

ET

LOUIS ONZIÈME.

« Le premier faisait ouvertement ce qu'il
» entreprenait;

» Le second à couvert, et en assurant con-
» fidemment tout le contraire.

» Le premier, étant vainqueur, s'apaisait,
» et, vaincu, se redressait et poulsait à la roue
» sans perdre cœur;

» Le second, estant victorieux, se portait
» inexorable, et, vaincu ou doubteux de la
» victoire, perdait le cœur et se jettait aux
» prières, aux promesses, aux seremens, et
» plus oultre le plus souvent.

» Ainsi doncques le duc Charles faisait ce
» que son naturel portait, et selon qu'il voïait
» luy estre plus propre pour combattre son

» ennemi, lequel, d'un esprit froid, se tenait
» sur ses gardes, et voulait donner son coup
» comme à la dérobée. »

(Louis Gollut, advocat au parlement de
Dôle : *Mémoires des Bourgougnons*,
livre x, page 847.)

NOTES GÉNÉRALES.

(1) *La bataille de Montlhéri.*

A cette bataille, qui fit passer à la postérité le nom d'un pauvre village, Louis XI apprend tout à coup que le bruit de sa mort vole de rang en rang, et que le désordre se met dans son armée; il court à l'instant sur tous les points, et ôtant son casque pour se faire reconnaître, il s'écrie : « Mes amis, je ne suis pas mort; voici votre roi, défendez-le de bon cœur! »

Et les aveugles chevaliers le défendent de bon cœur jusqu'au jour où pour les remercier, Louis XI les fait regarder en face par Tristan !...

Témoin le sire de Melun, dont nous dirons tout à l'heure quelques mots.

A cette même bataille, le comte de Charolais reçoit un énorme coup d'épieu qui lui fausse la cuirasse, et se trouve en un instant environné par quinze hommes d'armes. Sa bannière est tellement dépécée qu'elle n'a plus qu'un pied de long, et il se dégage enfin, emportant une blessure faite au défaut de sa cuirasse, que ses écuyers avaient mal attachée. Cette blessure ne l'empêche pas de sauver un blessé étendu sur la grande route, en lui faisant boire quelques gouttes *de sa tisane* (le comte de Charolais ne buvait jamais de vin). Au commencement de la nuit, Louis XI et le comte de Charolais se croient tous les deux vaincus, et au lever du soleil, se proclament tous les deux vainqueurs!

(2) *Les dixainiers.*

Le duc avait établi la division de son armée par dixaines, et il en était si émerveillé, qu'il l'avait aussi introduite dans le service de sa maison. Tous ses serviteurs étaient divisés par dixaines, et chaque dixaine avait sa table

présidée par un officier. Pendant les repas, le
duc de Bourgogne arrivait souvent pour in-
specter la tenue générale ; nul ne fut jamais
plus observateur de l'étiquette, et il en punis-
sait si souvent les moindres écarts, qu'il ren-
dait fort malheureux ses serviteurs les plus
dévoués : il enlevait la petite parcelle de liberté
qu'un homme se réserve lorsqu'il vend sa volonté et son temps aux caprices d'un seigneur.

(3) *Caparaçonner sa chèvre.*

Nous ne pouvons expliquer ceci que par
une citation : « Le duc de Nemours passant
» d'Italie en France, pour venir au secours du
» roi, y amena avec lui 2,000 chèvres cou-
» vertes de caparaçons de velours vert avec
» de gros galons d'or, et l'histoire ne nous
» laisse pas en même temps lieu de douter à
» quel usage servaient ces chèvres, puisqu'elle
» nous dit que. . . . .
. . . . . . » Lisez les *Mémoires d'Artagnan*,
page 466.

(4) *Militie.*

Ordonnance de guerre.

(5) *Pendant que le peuple dort les rois veillent !*

L'art d'éblouir le peuple pendant les grandes circonstances, a toujours été merveilleusement étudié par les gouvernemens, et cela nous rappelle un mot très-profond du pantomime Pilade à Auguste :

« Il vous est avantageux, César, que nous
» amusions le peuple, et que nous l'empê-
» chions de faire attention à d'autres choses. »

(6) *Danse Macabrée.*

En 1424, un joueur de rebec (c'est seulement sous François Ier, qu'on vit un assemblage de hautbois, cornets, violes, sacqueboutes, flûtes d'Allemagne, doulcines et musettes), grand, pâle et sec, nommé *Ma-*

cabre, établit un échafaud, pour moralité, au cimetière des Innocens. La mort y joue le principal personnage, et fait danser rois, empereurs, évêques, cardinaux et pages, c'est-à-dire qu'en fin de compte, elle les envoie tous dans l'autre monde.

Cette moralité avait une foule immense de spectateurs, et selon nous, *Macabre* était plus qu'un saltimbanque, car sous cette parade il y a une hardie et énergique censure des guerres civiles et des passions des princes dans un temps où la France n'était plus qu'une vaste tombe. En effet, les seules terres cultivées étaient celles qui entouraient les remparts des villes de guerre, et que le guet des tours pouvait apercevoir. A la première apparition des compagnies de gendarmes ou de routiers, le tocsin sonnait, *et les troupeaux avaient appris à se sauver en dedans des murs au premier son des cloches!*

(7) *Je suis le fou du duc de Bourgogne!*

Le Glorieux était premier plaisant du duc de Bourgogne. On raconte de lui un trait qui nous fait saisir la portée et le genre de son

esprit. Quelque temps après la levée du siége
de Beauvais après une attaque inutile et une
défense admirable, le duc montrait ses nom-
breux canons aux Anglais, en disant : *Voici
les clefs des villes de France!* Le Glorieux se
baissa comme s'il eût cherché quelque chose
à terre, le duc lui demandant ce qu'il cher-
chait, reçut cette réponse :

« *Ce sont les clefs de Beauvais, que je ne vois
pas!*

(8) *La confiscation de son épargne.*

C'était une immorale et infâme coutume du
quinzième siècle que de donner au dénoncia-
teur les biens des condamnés. Ainsi, après
l'arrestation de *Balue*, Louis XI fit le partage
général des biens du pauvre cardinal.

Tanneguy Duchâtel eut les tapisseries.

Le sire de Crussol eut les fourrures avec
une pièce d'écarlate de Florence et une autre
de drap d'or.

Doriole eut la librairie, etc., etc.

(9) *Son homme-lige.*

On se donnait corps et âme à un seigneur, et alors on était son homme-lige. Le comte d'Etampes se fit un jour l'homme-lige de M. Saint-André.

(A) *Le tournoi de l'arbre Charlemagne.*

Les joûtes n'avaient pas toujours un caractère chevaleresque, témoin l'ignoble combat judiciaire qui eut lieu à Valenciennes en 1446.

Les deux futurs combattans sont enfermés dans une prison séparée *pour apprendre à se battre,* puis viennent en lice, habillés d'un vêtement de cuir qu'ils ont soin de graisser pour ne laisser aucune prise aux mains, armés chacun d'un bâton et porteurs d'un écu rouge avec la pointe en haut (en signe de roture). Ils sont assis sur deux chaises peintes en noir; ils ont la tête rasée, les bras et les jambes nus, et prononcent le serment sur l'Évangile. Ils se lèvent. Le premier jette de la poussière aux yeux de son adversaire, mais

celui-ci le renverse, met un genou sur sa
poitrine, *lui enfonce le bout de son bâton dans
les deux yeux, et l'assomme.....* (*Voir* Couci-
Lamarche.)

(10) *Pont de Charenton.*

Les princes ligués occupent le pont de
Charenton, St.-Maur et St.-Denis. Louis XI
a la hardiesse, sinon l'imprudence, d'aller à
ce camp dans un petit bateau à rames, conduit par un seul batelier; ce qui fait bien voir
que les caractères ne sont jamais absolus, et
que c'est une exigence hors nature que de
vouloir à la scène des caractères qui ne se dé-
mentent jamais.

Ainsi Louis XI était l'homme le plus politique, le plus rusé et le plus prudent du
moyen âge; eh bien, le voilà qui se livre à
Charenton où on ne l'arrête pas, et à Péronne
où on le met en prison.

Le comte de Charolais, reconduisant le roi
tout le long de la rive, commit, lui, une autre imprudence, car tout en causant il ne s'a-
perçut pas qu'il avait dépassé les fortifications

de Paris, suivi seulement de huit hommes.
Aussi devient-il pâle tout à coup, et se croit-
il à un autre pont de Montereau. Cependant
le roi à son tour le laisse revenir, et lui donne
une escorte de cinquante chevaux, et lorsque
le comte de Charolais voit venir à lui le vieux
maréchal de Bourgogne, il s'écrie : « Ne me
» tancez pas, je reconnais ma grande folie,
» mais je m'en suis aperçu trop tard, j'étais
» déjà près du boulevart. »

« On voit bien que je n'étais pas là, répond
» sévèrement le maréchal, en ma présence
» cela n'eût pas été ainsi. »

Le comte baissa la tête sans répliquer.

Ce vieux et sévère serviteur lui disait quelquefois : « Je ne suis à vous que par emprunt
» tant que votre père vivra. »

(11) *On pourra bien vous faire rôtir sur
braise comme un Vaudois...*

Les années 1458, 1459 et suivantes sont
marquées par la persécution dirigée contre
les Vaudois (prétendus hérétiques du pays de
Vaux).

Les inquisiteurs de la foi, siégeant à Ar-

23

ras, en font brûler un très-grand nombre.
L'évêque de Baruth voyait des Vaudois partout, même à la cour du pape. Il disait :
Qu'un Vaudois ne devait être secouru d'aucun
père, mère, frère, parent et ami, et qu'il fal-
lait les tous brûler, nobles ou bourgeois, riches
ou pauvres !

Le comte d'Étampes seconde très-bien cet
évêque. Le 9 mai on amène une foule de Vaudois sur un immense échafaud à Arras, revêtus de mîtres où l'on a peint des hommes
faisant hommage au diable.

L'assistance est tumultueuse ; l'inquisiteur
fait un long discours, dans lequel on remarque le passage suivant si extraordinaire,
qu'on ne saurait dire lequel est le plus héré-
tique de l'inquisiteur ou du Vaudois, quand
même on aurait dit de ce dernier autre chose
que des calomnies. Il faut avoir lu à l'original
pour croire à cette pièce :

« Lorsqu'on veut se rendre à la *Vauderie,*
» on frotte un bâton avec un onguent com-
» posé avec les cendres d'un crapaud à qui
» l'on a fait manger une hostie consacrée, et
» avec de la poussière d'os humains détrem-
» pée dans le sang d'un petit enfant. Puis l'on
» monte à califourchon sur ce bâton, et l'on
» est aussitôt transporté par les airs au lieu où

» s'assemblent les Vaudois. Là se trouve le
» diable sous la forme d'un singe, d'un bouc
» ou d'un chien, *quelquefois d'un homme*. Les
» Vaudois lui font hommage et l'adorent avec
» les cérémonies les plus vilaines et les plus
» sales qu'on peut imaginer.

   » A son commandement ils foulent aux
» pieds le crucifix et crachent dessus ; ils bra-
» vent aussi le ciel en faisant des postures in-
» décentes et déhontées ; c'est l'*abbé de peu*
» *de sens* (accusé de vauderie), qui est maître
» des cérémonies dans cette assemblée, et en-
» seigne les nouveaux venus. Des tables sont
» servies, *les Vaudois boivent et mangent*; en-
» fin, ils éteignent les chandelles et se livrent
» à mille abominations entre eux et avec le
» diable, qui se fait *tantôt homme*, *tantôt*
» *femme !*... etc...»

   Après ce discours, l'inquisiteur demande
aux accusés, hommes et femmes, si tout cela
est vrai?

   Oui, disent-ils. Aussitôt on les mène au
supplice; alors ils s'écrient tous ensemble
avec un énergique désespoir, qu'on les a trom-
pés, et *que l'aveu de ces prétendus crimes de-*
vait leur sauver la vie.

   En conséquence on les brûle tous! Othon
Castellan, Jacques Cœur Argentier et Guil-

laume de Gouffier avaient été auparavant
condamnés comme sorciers.

Les exécutions continuent, et comme les
échevins, *Saquépée* et autres, ne veulent plus
prononcer l'arrêt séculier, on les arrête comme Vaudois. Chacun tremble à Arras. Dans
les provinces personne ne veut plus loger les
marchands de cette malheureuse ville. La
torture fait avouer tout ce qu'on veut au sire
de Beaufort.

« La torture interroge et la douleur répond. »

*Huguet Patenostre, mis quinze fois à la tor-
ture, nie tout, quoique le bourreau lui mette
plusieurs fois la tête sur le billot.*

Plusieurs personnes graves attribuent ces
massacres au duc, qu'elles accusent de con-
voiter les héritages des condamnés. Cette accusation ne nous paraît pas dénuée de fondement, car plus tard le parlement reçut la
preuve qu'une grande somme d'argent avait
été donnée à ce duc par le sire de Beaufort.

Les fugitifs font appel au parlement. Le
procès se plaide, et c'est alors que tous les
détails des tortures sont révélés à l'indignation publique.

On brûlait les pieds aux torturés. On ver-

sait sur leurs plaies du vinaigre et de l'huile
bouillante, on leur serrait la tête et les membres dans des cordes à nœuds, on traînait les
femmes par les cheveux et on les foulait aux
pieds ! C'était l'enfer du Dante :

« Nuovi tormenti e nuovi tormentati. ».

Le procès en réparation contre les fanati-
ques auteurs de ces atrocités dura *trente ans*;
de telle façon qu'ils étaient tous décédés tranquillement les uns après les autres !
Mais, en forme de compensation, on se mit
à réhabiliter la mémoire des victimes !

(12) *Et les filles de joie qui chevauchaient à
la suite, leur aumônier en tête.*

Pendant que les princes *du bien public*
étaient campés à Charenton, Louis XI ren-
forçait la garnison de Paris, et en faisait une
belle armée; c'est alors qu'on vit entrer une
superbe compagnie d'archers à cheval, com-
mandée par un homme de guerre de grande
célébrité, le capitaine *Miguon*. Elle avait tra-

versé la ville suivie *de huit filles de joie che-*
vauchant avec leur confesseur.

(13) *Peut-être faudra-t-il pourvoir au trône*
de France.

En effet, le conseil de Bourgogne s'assem-
bla à la hâte. Il fut long et fort agité. On y
résolut de tenir le roi prisonnier, et d'envoyer chercher monseigneur Charles, frère
du roi, pour régler le gouvernement du
royaume; déjà le messager avait mis ses
houzeaux (chaussure de cavalier), lorsqu'on
fût effrayé d'une telle résolution et qu'on re-
prit le conseil.

(14) *Entre nous autres Portugais.*

Il était Portugais par sa mère. Cela nous
rappelle un mot de Henri d'Angleterre, lequel, dans un discours adressé aux Français
lors de son invasion en France, s'écria :

« Je suis né Anglais, mais je suis Français

» par les femmes, ce qui est toujours plus
» certain ! »

(15) *Lorsque Warwick vint me trouver en
ambassade à Rouen.*

En 1467, le comte de Warwick vint en
France. Louis XI, arrivé à Rouen, alla au
devant de lui jusqu'à la Bouille, et il avait si
grand empressement de converser avec le
comte de son alliance avec l'Angleterre, qu'il
se logea à côté de lui, qu'il fit percer une
*porte de communication, et que pendant quinze
jours il ne le perdit pas un seul instant de vue.*
Louis XI avait ordonné aux marchands
d'étoffes de soie ou de velours de ne pas exi-
ger de payement d'aucun des gens de l'ambassade; ils retournent donc tous en Angleterre revêtus de ces beaux damas et draps
fins de Rouen, mais plus amis de Louis XI
que du roi Edouard.

(16) *Mon compère Jean du Lude.*

Jean de Daillon, seigneur du Lude, bailli

de Cotentin. Il avait été élevé dès sa jeunesse
avec Louis XI, qui le nommait son compère
et lui était familier. Lorsque le Roussillon se
révolta pour se réunir à la Catalogne,
Louis XI ne trouva rien de mieux que d'y
envoyer Jean du Lude comme seul capable
d'exécuter *ses grands projets*, en un mot,
comme un autre lui-même.

(17) *Elle a été trouvée sur le sire de Melun,
lorsque je le fis décapiter au Petit-Andely.*

Ce pauvre sire de Melun commandait la
garnison de Paris lors de Montlhéri, et il fut
décapité pour n'avoir pas jugé utile de faire
une sortie pendant la bataille.

(18) *A Notre-Dame-du-Puy en Anjou.*

Louis XI allait souvent en pélerinage à
Notre-Dame-du-Puy en Velay. Celle-ci était
célèbre *par ses miracles*, par une foule de
saintes reliques, et plus encore par une image
miraculeuse de la Sainte-Vierge, qu'on di-

sait avoir été taillée en bois de setim par le prophète Jérémie, et dont la face était peinte en noir.

(19) *Si ce pauvre duc de Bourgogne avait eu au pont de Montereau une si parfaite ressemblance à côté de lui.*

Après l'entrevue du Ponceau, le dauphin, depuis Charles VII, arrive au pont de Montereau en même temps que le duc de Bourgogne. On renouvelle de part et d'autre les sermens de paix et d'alliance.

Tanneguy-Duchâtel jure plus haut que les autres.

Cependant beaucoup de chevaliers conseillent au duc de ne point aller au pont de Montereau, un juif lui prédit qu'il y sera assassiné ; le duc persiste en répondant : Donc j'y mourrai martyr.

Tanneguy-Duchâtel proteste énergiquement contre cette prédiction.

Des deux côtés on se communique une liste de dix seigneurs qui doivent accompagner, les uns le duc, les autres le dauphin. Celui-ci a fait fermer les deux bouts du pont

par des charpentes à portes, et contre l'usage
aucune barrière n'a été dressée au milieu
pour séparer les deux partis.

Avant d'entrer au pont on renouvelle de
part et d'autre le serment de loyauté.

Tanneguy-Duchâtel jure le premier.

Le duc montre à Tanneguy-Duchâtel que
ses gens n'ont que leur épée et leur cotte
d'armes, et ajoute en lui frappant sur l'é-
paule : « Voilà en qui je me fie. »

Déjà le jeune dauphin est entré dans le cabinet de bois au milieu du pont. Le duc s'a-
vance seul, met un genou en terre, et, ôtant
son chapeau de velours noir, il fait une hum-
ble soumission terminée par ces mots : Mes-
sieurs, dis-je bien ?

« Si bien, répond le dauphin, qu'on ne
» saurait dire mieux. » Au même instant on
crie : Alarme! alarme! tue! tue! Tanneguy-
Duchâtel pousse le duc par le dos, un autre
le frappe de son épée, Guillaume le Bouteiller
l'abat de sa hache, Olivier Layet et Pierre
Frostier s'agenouillent, lèvent sa cotte d'armes, *et le percent par-dessous d'un coup d'é-*
pée dans le corps! Le duc pousse un dernier
soupir et meurt. Les sires de Navailles et
d'Autray reçoivent des coups mortels en le
défendant. Les Bourguignons sont chargés et

mis en fuite. On veut jeter le duc dans la rivière, mais le curé de Montereau s'y oppose et le fait porter dans le moulin.

Tanneguy protesta toute sa vie, mais en vain, contre cette infâme trahison. Il ne reste aucun doute sur son crime. Il existe une chanson populaire fort rare où on lit :

> « Regnaudin l'enferma
> Tanneguy le frappa
> Bouteller l'acheva. »

Douze ans auparavant le duc de Bourgogne avait tué d'Orléans. Un crime fut vengé par un crime. Lequel des deux est le plus infâme ?

(20) *Notre gaillarde favorite de Dijon.*

Après la bataille de Granson, Louis XI était d'une telle joie, qu'après avoir fait une réception magnifique au vieux roi Réné venu à Lyon, *il le mena voir les belles dames et damoiselles de la ville.*

Louis XI aimait beaucoup le sexe, mais sans choix. Il combla de biens une veuve nommée *la Gigonne*, la femme d'un marchand nommée *la Passe-Fillon* et *Huquette Jacquelin*. Ces trois noms indiquent la nature de ses amours.

(21) *Le danger vient, cachez-vous derrière le roi de France.*

Les courtisans n'ont jamais changé. Et, après tout, pourquoi veut-on qu'ils se fassent tuer pour un roi, puisqu'après celui-là ils sont toujours sûrs d'en trouver un autre avec ses passions et ses trésors? C'est ce qui a fait dire si spirituellement à un ancien auteur :

« C'est aujourd'hui la fête à Michel l'Indomptable
» Qui chassa le diable du ciel,
» Mais si le diable en eût chassé Michel
» Ce serait la fête du diable !

(22) *Je suis bien sûr que tu me comprends, toi ?*

La politique de Louis XI était toujours infernale, souvent elle fut spirituelle.

Le pape Sixte IV, aussitôt après son élection, envoie à Louis XI le vieil et probe cardinal Bessarion, pour l'engager à expédier
une armée dans la Grèce envahie par les
Turcs. Louis XI, mécontent de l'incorrupti-
bilité connue de l'ambassadeur, ne le reçoit
en audience que deux mois après son arrivée, et après avoir entendu le long discours
de Bessarion, Grec d'origine, en faveur des
Grecs, il lui répond par un vers de la gram-
maire latine d'alors, et lui tourne le dos :

« Barbara græca genus retinent quod habere solebant. »

Le vieux cardinal se retire si humilié qu'il
en meurt de chagrin. Pour un jeu de mots la
vie d'un homme !

(23) *Partons tous pour Liége.*

Le duc de Bourgogne amène Louis XI devant Liége. A la vue du roi les Liégeois l'acca-
blent d'imprécations du haut des remparts.

Bientôt les sorties deviennent si rapides,
si vives et si sanglantes, que le duc de Bourgogne est embarrassé de son royal prisonnier,

qu'il crénèle son logis de guerre, et que pendant plusieurs jours il est obligé de garder les fossés contre les sorties des assiégés.

Une nuit, six cents Liégeois font irruption, tournent le logis des princes, et l'attaquent avec une telle impétuosité, qu'une minute de plus aurait suffi pour finir la guerre d'un seul coup.

En effet, les six cents Liégeois, après avoir été sur le point de faire prisonniers le duc et le roi, sont par hasard cernés à leur tour, et périssent *tous* après une défense désespérée.

Un dimanche, au moment où les Liégeois, se croyant en sûreté sous la sainteté, avaient *mis la nappe pour dîner*, les Bourguignons attaquent la ville, la prennent d'assaut, et commencent les massacres que nous sommes fatigués d'écrire, et que vous êtes fatigués de lire. Le duc de Bourgogne tue un pillard bourguignon. . . . . pour sauver la châsse de saint Lambert !

Louis XI passa ainsi *les trois plus rudes semaines de sa vie*, tremblant de peur, flattant le duc de près et de loin, de près pour qu'il l'entende, de loin pour qu'on le lui raconte !

Enfin, on le reconduit jusqu'à Notre-Dame-de-Liesse *pour lui faire honneur*, et vite il court comme un lièvre à sa tannière de la

Bastille, où il rumine longuement et sournoi-
sement la manière dont il se vengera.

(Consulter Lamarche, Amelgard et les
pièces de Comines.)

Philippe le Hardi dut le duché de Bourgogne à son courage et à sa blessure de la
bataille de Poitiers, ainsi qu'il appert des lettres closes du roi Jean de Valois ; lettres en
forme de testament spécial, ouvertes et pu-
bliées par son fils Charles V.

Le roi Jean ne prévoyait pas les guerres civiles qui allaient s'échapper de ce parchemin
comme de la boîte de Pandore.

Le testament est daté de Germiny-sur-
Marne, 6 septembre 1363 (deux ans avant la
construction du Louvre). Il stipula la dona-
tion de l'hôtel de Bourgogne, sur la montagne
Sainte-Geneviève. (Ancien hôtel des premiers
ducs de Bourgogne lorsqu'ils se rendaient
auprès du roi.)

Les droits féodaux accordés avec le duché
dépeignent trop bien l'ancienne servitude
des peuples, pour que nous ne terminions pas

ces notes en lés offrant à la méditation des
amis de l'humanité !

On lègue :

« Prébendes, hommes vassaux, »
« Hommages , fiefs , arrière-fiefs , »
« Hautes, moyennes et basses juridictions , »
« Souveraineté complète et incomplète , »
« Cités , villes , châteaux et châtellenies , »
» Maisons, manoirs,
» Rivières et francs bords,
» Bois, forêts , vignes , terres , près et cens !

TABLE DES MATIÈRES

CONTENUES DANS CE VOLUME.

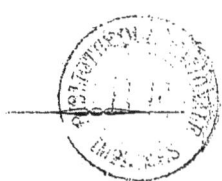

24

PARIS,

OU

LE LIVRE DES CENT-ET-UN.

Tomes XIV et XV.

Prix : 8 fr. le volume, et 9 fr. par la poste.

Le 15me et dernier volume est orné du fac-simile de plus de deux cents signatures contemporaines.

La possession dont l'éditeur du *Livre des Cent-et-Un* se montrera toujours le plus fier est celle de l'acte qui contient cette association littéraire, jusqu'ici sans exemple, par laquelle le concours de tant de plumes justement aimées du public lui a été assuré. Il a voulu que le souvenir en fût perpétué pour les souscripteurs du *Livre des Cent-et-Un*. Il a pensé avec quelque raison qu'ils recevraient avec plaisir le *fac-simile* des signatures de tous ceux qui les ont apposées au bas de l'engagement original. En joignant cette pièce au quinzième et dernier volume des *Cent-et-Un*, il présente aux souscripteurs un document curieux et digne d'intérêt ; il obéit envers les signataires au plus légitime sentiment de gratitude, et il laisse à tous la preuve authentique d'une action dont la littérature entière doit se glorifier, aussi bien que celui qui, de la part de tels hommes, a été l'objet d'une telle bienveillance.

Nota. Les exemplaires des personnes qui ne retireraient pas leurs volumes avant la fin de juin ne pourront plus être complétés.

PARIS. — IMPRIMERIE DE CASIMIR, RUE DE LA VIEILLE-MONNAIE, N° 12.

www.ingramcontent.com/pod-product-compliance
Lightning Source LLC
Chambersburg PA
CBHW050317030726
47505CB00003B/751